花神之约

刘第红◎著

光明日报出版社

图书在版编目（CIP）数据

花神之约 / 刘第红著 . -- 北京：光明日报出版社，
2018. 10（2022. 9 重印）

ISBN 978 - 7 - 5194 - 4679 - 6

Ⅰ.①花… Ⅱ.①刘… Ⅲ.①散文集—中国—当代
Ⅳ.①I267

中国版本图书馆 CIP 数据核字（2018）第 225864 号

花神之约

HUA SHEN ZHI YUE

著　　者：刘第红	
责任编辑：刘兴华	特约编辑：田　军
责任校对：赵鸣鸣	封面设计：中联学林
责任印制：曹　净	

出版发行：光明日报出版社

地　　址：北京市西城区永安路 106 号，100050

电　　话：010 - 67078251（咨询），63131930（邮购）

传　　真：010 - 67078227，67078255

网　　址：http：//book. gmw. cn

E - mail：gmrbcbs@ gmw. cn

法律顾问：北京市兰台律师事务所龚柳方律师

印　　刷：三河市华东印刷有限公司

装　　订：三河市华东印刷有限公司

本书如有破损、缺页、装订错误，请与本社联系调换，电话：010-67019571

开　　本：170mm×240mm

字　　数：229 千字　　　　　印　张：15

版　　次：2018 年 10 月第 1 版　　印　次：2022 年 9 月第 2 次印刷

书　　号：ISBN 978 - 7 - 5194 - 4679 - 6

定　　价：58. 00 元

目　录

第一辑　非虚构

第二辑　童话散文

DI YI JI FEI XU GOU

第一辑　非虚构

白云信使

　　我小时候生活的小山村，极其偏僻与闭塞，不仅交通困难，通信也很不方便。在离家五里路远的地方，有一个邮政代办所，那里摆放着一个落满灰尘、锈迹斑斑的邮箱，但那个邮箱一个星期才打开一次。我是个性子比较急的人，因而极少在那里投信。另一个地方的邮箱每天都会打开取信，只是离家有十里路远。为了赶时间，我往往"舍近求远"。一去一回，便是二十里山路。有时去寄信，事前已跟母亲"请假"，因而在路上可以悠着点。但更多的时候，我是没有告知母亲的。为了让母亲造成错觉，我不过是在院子里玩了一会，并没有走远，我一路狂奔，尽量缩短在路上的时间。跑时，我一会儿看看路，一会儿看看云。天上的白云也跟着我跑。我跑得气喘吁吁、汗流浃背，而白云则优哉游哉。白云似乎也有点同情我，在我站定歇息的时候，俯下身来，仿佛想变成一块手帕，擦干我头上的汗滴。那时，我非常羡慕城里人，他们在家门口或是走不远的路就能寄信，而且，邮递员天天给他们送信。我有时痴痴地望着白云，痴痴地想，要是白云是我的信使就好了！

　　我那时寄信，以投稿居多。我从小酷爱文学，经常涂鸦文字。一旦写了什么东西，就恨不得马上投出去。那时的投稿信是不用贴邮票的，用剪刀在信封上剪一个小角，再在信封的右上角写上"投稿"字样，塞进信箱就可以了。

　　山路上，时常可见我飞奔的身影。有时候，我也能"蒙混过关"，母亲并不知道我去寄信了。但有时候，母亲吩咐我做事情，找来找去找不到我，因而露出了马脚，遭到母亲的责骂。

稿件投出来之后，我就眼巴巴地盼着编辑部给我回信，给我寄样报样刊。我经常扳着指头数啊算啊，信发出去多少天了，怎么还不见回音？那时，收信也是极其不便的。邮递员十天半月才来村里一次，邮件不是直接派到收件人手上，而是统一放在村文书那里，再由他转交给收件人。我每次见到邮递员的身影，就觉得特别兴奋，特别亲切。他背着的鼓鼓囊囊的邮袋里，是不是有我盼望已久的信？是不是装着我变成铅字的文章？每次见到村文书，我就问："有没有我的信？"因为有些时候，信到了他那里，又要压几天。问的次数多了，村文书也有点烦了，他说："有信就会喊你的。"在他的心中，我早就是"重点户"了。当我远远地听到他喊我的声音，我就像箭一样地跑过去，怀里像是揣着一只兔子，扑通扑通地跳。稿件有投中的，也有退稿信，更多的如泥牛入海，杳无音信。我在一次次失望之后，又一次次燃起希望……

我时常躺在山中的石块上，仰望着天上的云，心里仍然惦记着我投出去的稿子的命运。这时候，云似乎变成了"卦"。红霞满天的时候，是不是喜运降临，我的文章即将发表？乌云密布的时候，是不是霉运来临，文章如石沉大海？当然，我更愿意把白云想象成我的信使。我只要在窗口一扬手，白云就会飘来，带走我的信。当有了我的信，白云会飘进我的窗口……如此，我便免了奔波的劳累，免了等待的焦灼。

一天晚上，我写了一篇文章，有点自鸣得意。当天夜里，窗口里飘进来一朵白云，带走了我的稿件。白云果真成了我的信使！没过多久，白云又翩翩飘至。它对我说："你的文章发表啦！"我问它："发表在哪里？"它说："发表在天空中。"说完，它就轻悠悠地飘走了……醒来，方觉得是一场梦。

尽管只是梦一场，但第二天天亮后，我仍然忍不住在天空中寻找，寻找我的文章，可是一个字也没有找到。

写作的兴趣，一直保持到今天。业余时间，我以写作为乐，只问耕耘，不问收获。有时候，我也会扪心自问：写作的意义到底何在？

我写了那么多的文字，莫非是"无字"；我写了那么多的书，莫非都是"天书"？时隔三十多年，我仍在咀嚼年少时的那一场梦。

百家菜

这一天，我在山上玩累了，体力消耗很大，肚子里早就闹"空城计"了。回到家里，饭虽已煮好，但菜锅刚上炉火。我等不及了，装了一碗饭，一阵风似地跑了出去。

我端着饭碗，首先来到东家。这时，东家正在吃饭。见我来了，热情的东家婶婶忙不迭地夹了一块鸡肉，放进我碗里。她们家杀鸡"打牙祭"，可巧给我碰上了。

谢过东家婶婶，我离开了东家。

边吃边走，我接着来到西家。这时，西家正在吃饭。见我来了，热情的西家婶婶忙不迭地夹了一只稻花鱼干，放进我碗里。这天，稻花鱼干是她们家餐桌上最好的菜。

谢过西家婶婶，我离开了西家。

边吃边走，我接着来到南家。这时，南家正在吃饭。见我来了，热情的南家婶婶忙不迭地夹了一把腌过的萝卜干，放进我碗里。南家婶婶手艺不赖，做了好多坛子菜，坛坛罐罐堆满了房间。

谢过南家婶婶，我离开了南家。

边吃边走，我接着又来到北家。这时，北家正在吃饭。见我来了，热情的北家婶婶夹了一把茼蒿，放进我碗里。那时候，我们村子里只有北家种了茼蒿，那是她们家的"特产"。

　　就这样，我一边吃，一边串门，一碗饭吃百家菜。每到一户人家，热情的主人总会将桌上最好的或是最有特色的菜夹给我。

　　一碗饭，伴着各式美味佳肴落肚，饥饿感像一条蛇，悄悄地从我身上溜走了。心中的小馋虫还在不停地回味：东家的鸡肉真是香啊！那是地地道道的土鸡。西家的稻花鱼，喝稻花长大的，味道可不一般。南家婶婶的坛子菜，称得上当地一绝。她家肯定有几只好坛子。北家婶婶的茼蒿，还带着大地的清香……

　　此时，院子里响起母亲的呼唤。母亲在叫我吃饭，一时没找着我的身影，忍不住埋怨道："鬼崽子，到了吃饭的时候，又像兔子一样跑得没影了……"

被子打烂裤子

崖冈岭乃家乡当地游家镇与孟公镇的交界地带，是一片荒山野岭，地理位置极其偏僻。但每逢两地开集市，崖冈岭上行人熙熙攘攘，络绎不绝，因为那里是两镇人们往来的必经之地。

不知从何时起，只要是两地开集市的日子，那里便成了藏污纳垢之地，聚赌成风。当地派出所也抓过几次赌，但每次抓过之后，要不了多久，赌博之风又在那里死灰复燃。跟派出所打的交道多了，赌徒们干脆在路上设立"暗探"，一旦发现派出所来抓赌，"暗探"便取道捷径，通风报信，聚赌人员立即作鸟兽散。派出所的警察往往扑空。他们跟派出所打起了"游击战"，你来我走，你走我来。崖冈岭成了赌博分子的"天堂"。

村里有不少人参与了赌博。一开始，也有赢了钱的，无不沾沾自喜，洋洋得意，以为找到了一条发财的捷径。但很快，他们就变得垂头丧气、一蹶不振，因为他们不仅输掉了赢回来的钱，连血本都输光了。还有人在赌桌上赌红了眼，最后输得倾家荡产、一无所有。甚至有人因此无恶不作，偷鸡摸狗，拦路抢劫，为害一方。

爷爷从不让我们沾赌。我们家族中，没有一个人参与赌博，尽管我们所在的村庄离崖冈岭最近，这与爷爷的告诫是分不开的。

爷爷儿孙满堂。他不管见到哪个孙子，都会讲被子打烂裤子的故事。听的次数多了，我们都耳熟能详。

有两兄弟，无父无母，相依为命。兄弟两人都没有学好，嗜赌如命。

一天，哥哥在赌桌上输掉了一床被子。当天晚上，他只好用门板当被子盖。没多久，弟弟回家了，他也是从赌桌上回来。弟弟同样输得很惨，连全身衣服都输掉了。为了遮羞，弟弟"穿"上了一只没有底的瓮。弟弟摸黑上床，发现被子不见了，只有一块硬邦邦的床板，问哥哥被子哪里去了。哥哥羞于启齿，支支吾吾。弟弟追问再三，哥哥只好道出实情。此时，哥哥也发现弟弟的"裤子"有点异样，猜到弟弟在赌桌上输掉了裤子，所以才如此狼狈。弟弟埋怨哥哥不该去赌博，输掉了两人共用的被子。哥哥输掉了被子，心里本来就窝火，弟弟的埋怨使他怒火中烧。哥哥正色道："你再啰唆，小心我用被子打烂你的裤子！"

我们听后，无不哈哈大笑。在笑声中，我们明白了赌博的害处，因而完全与赌博绝缘。这则故事，成了生动的禁赌教材。

三十多年过去了，我至今仍清晰地记得这则故事。只要提起"被子打烂裤子"，笑意就悄悄地浮上嘴边。

彼岸花

小时候，跟大人去沙江赶集，必经官庄桥。官庄桥路边，有一个棺材铺子。每次，快途经那里时，我的心就扑通扑通跳得厉害。我想快点通过那里，脚步不由得加快了，而大人似乎对棺材熟视无睹，走起路来不慌不忙。如果有别的路可走，我一定会避开棺材铺子，可是没有。途经那一段路时，我低着头，眼睛只盯着地面，目不斜视。尽管如此，我还是感觉那些漆黑的棺材向我张开了血盆大口，浑身起了鸡皮疙瘩。走出那里好远了，紧张的心情才慢慢平复下来。倘是下午从沙江回家，行至官庄桥时，天色已暗，我更加觉得恐怖，觉得那一段路上鬼影幢幢。我若是一个人走那段路时，几乎闭着眼，以百米冲刺的速度通过。棺材，给我儿时的生活蒙上了死亡的恐惧与阴影。

在我的记忆中，死亡在乡村是家常便饭。碰上哪家办丧事，家里就不用开火了，直接去那一家"呷崩饭"。办丧事的人家敞开粮仓，供应远远近近的男女老幼。据说，来吃饭的人越多，场面越火爆，办丧事人家的后代就会越兴旺发达。失去亲人的乡亲哭得呼天抢地，而孩子们则因为丰盛的晚餐欢天喜地。平时藏身角落的棺材，这时堂而皇之地登场了，并且成为丧礼的中心。因为几乎全村的人都聚集到了一起，还有道师班的响器响声震天，看到装殓死者的棺材，我的心中没有那么惊恐了，似乎那些小鬼小祟都被吓跑了。那时，我觉得死亡并不可怕，就跟睡着了一样。

乡亲们在人到中年的时候，就开始为自己打造棺材了。那时，他们的年纪并不算老，而且身体也是挺硬朗的。据说，早早地打造好棺材，可以为自己加寿。棺材似乎是一样宝物，能够镇压妖魔鬼怪。妖魔鬼怪被镇住了，棺材的主人自然就健康长寿了。他们拿出上好的木料，请出手艺最好的木匠，为自己量身打造棺材，仿佛打造一件稀世珍品。木匠施工的时候，他们用最好的酒、最好的饭菜招待木匠师傅，生怕惹他不高兴了，施工时偷工减料。木匠完工之后，他们买了最好的漆，请出手艺最好的漆匠，给棺材漆漆，同样好酒好菜伺候。棺材的颜色一律漆黑，同地底的黑暗保持一致。待棺材上的油漆干透之后，他们小心翼翼、郑重其事地将它藏到风吹不到雨淋不到的地方，像是收藏一样宝贝。尽管棺材已经有了，但他们还准备活几十年哩，不要到最后人还活着，棺材已经坏了。他们早早地预备了死，所以活得从容不迫，活得没有负担。他们看透了死，所以能更好地生活。他们连死都不怕，世界上还有什么可怕的呢？

村子里也有生病暴亡的，棺材没有预备，家属措手不及，只好去官庄桥买。买的棺材，不像量身订造的棺材，有的偏大，宽敞是宽敞，似乎有点浪费，有的偏小，躺在里面的人不得不弯脚，多不舒服，犹如一个人穿了一件不合身的衣服，而且一旦穿上之后，就无法更换，必须穿满下一世。

有一年，六奶奶家里来了一个小偷。他正准备入室偷窃的时候，屋内的人被惊醒了，大喊抓贼。村子里不少人应身起床，围捕小偷。小偷情急之下，跳进一具棺材里藏了起来。他们找来找去，都不见小偷的身影。最后，他们试探性地揭开了棺材，小偷现出了原形。棺材好像魔术师的道具，表演了一回"大变活人"的魔术。

一身漆黑、闷声不响的棺材，平时被藏在一个较为隐蔽的地方，避开了世人的耳目。连鸡狗想去骚扰它，都摸不着门。可是天上的鸟却管不住，它们总能发现棺材的藏身之处，有的还把衔着的花种遗留在棺材里。它们把棺材里的黑暗当成了一大片肥沃的黑土。在阴雨潮湿的天气里，花种意外地发芽了。从棺材里，伸出来一朵小小的柔弱的鲜花。那是彼岸花，是死神唇边一缕动人的微笑……

扁担

竹身爆裂，一根扁担自天而降，不偏不倚，落在农人的肩膀上……

能够做扁担的竹子，材质一定是坚硬的，因为它要去承受生活的重量。那些经受不起风吹雨打的竹子，是没有机会成为扁担的。

"扁担长，板凳宽。板凳没有扁担长，扁担没有板凳宽。"这则绕口令蕴含着"要认识自己"的哲理。扁担自诞生之日起，就清楚地意识到自己的使命。

在过去的乡村，农业生产全靠人力，没有机械的影子。俗话说"好手难提四两"，说的是手提不如肩挑。农家的肥料，全靠肩膀运出去；土地里的收成，全靠肩膀挑回来。因此，扁担成了农家必不可少的工具。

那时候，农人赶集，随身携带的往往不是购物袋，而是扁担。家庭生活所需，也大都是用扁担担回来的。

"懵子懵，担水桶，掉了一头，不知道轻重。"俗话讥讽的是不懂得平衡的人。扁担最擅长"平衡术"。它两头挑的，重量必定是差不多的。一边轻，一边重，担子不好挑。掌握平衡，是领导艺术的重要法则之一。做领导的应该多向扁担学习，学习如何达至平衡。

如果担子只有一头，另一头则配上重量相当的石块。它们像是一对感情不和的夫妻，靠扁担勉强维系着彼此的关系。扁担似乎也有点尴尬，一会安慰这一头，一会安慰那一头，像是殷勤的居委会主任。一到目的地，它们就分手了，各奔东西。

有时候，扁担还会"变身术"。在荒郊野岭行走的挑夫，扁担是他随身的武器。一根扁担抓在手上，强盗不敢拢边。而在农闲时节，扁担又摇身一变，成为梅山武术的道具。武师随手拎起一根扁担，舞得呼呼生风、虎虎生威。

当然，更多的时候，扁担扮演着"负重者"的角色。它挑着生活的沉重，也挑着生活的希望。因为长年累月劳累，扁担累弯了腰，但它无怨无悔。生活的苦和累，它默默地承受着。因为被反复使用，扁担被磨得发光发亮，那是劳动给予的最高奖赏。

如果所挑的担子太重，超出了扁担的承受能力，"咔嚓"一声，扁担就壮烈牺牲了。它最后的归宿地是火炉，在那里实行"火葬"。它发出最后的明亮的光芒，照亮了农家黯淡的生活。

我家的一根扁担，两头各有一个节疤，像是扁担的眼睛。它时刻睁着双眼，看到了生活的艰辛，看到了劳动的汗水，因此它非常怜恤扁担下的肩膀，非常怜恤挑担的人，只是它生性木讷，不太擅长表达。它经常做的，就是笔挺挺站着，向劳动者致敬，向生活致敬！

（原载《延河》2017年第6期，《散文》（海外版）2017年第9期转载）

彩虹上的孩子

　　虽然是春天，可由于天久不雨，土地龟裂，草长不起来，花树不开花，禾苗一个劲地喊渴，生活在崇山峻岭间的乡亲们可发愁了。过去，他们靠天吃饭，一开春就遇上春旱，插下去的秧苗都快要干枯了，再不采取措施就会遭遇失收，他们能不心急如焚吗？

　　"开闸了！开闸了！"田家水库开始放水了，家门前发源于田家水库的小河明显增加了水量。从闸门里倾泻而出的水，像脱缰的野马，在水渠里驰骋。沿途的水眼都被堵住了，因为要保证水库的水流到最远的地方。水渠尽头处，是倒虹吸管的进水口。水流顺着倒虹吸管，源源不断地流到了对面的山头，那里正是旱情最严重的地方。

　　多亏有了倒虹吸管，解了乡亲们的燃眉之急。倒虹吸管是一种水利设施，在对峙的两山间顺着地形架设水泥管道，将对面的水引来。只要进水点的地势高于出水点的地势，水就会被吸过来。它看上去就像是一道横卧在大地上的彩虹，所以叫倒虹吸管。

　　在倒虹吸管的出水口，乡亲们挖了简易的沟渠。水顺着沟渠，流到了需要灌溉的地方。禾苗咕嘟咕嘟地喝着水，慢慢地转青了。乡亲们的额头上，紧锁的眉头舒展开了。他们的脸上，绽放出了灿烂的笑容。水流过的地方，草变绿了，花树开花了，生机盎然，五彩缤纷。这一道彩虹，在崇山峻岭之间涂抹出了色彩，涂抹出了笑容，涂抹出了希望。

　　当倒虹气管工作的时候，最兴奋的莫过于孩子。他们在上面滑来滑去，将它当成了滑梯；他们又在墩位上跳来跳去，把自己当成了表演杂技的小演员。他们从这一头爬到那一头，又从那一头爬到这一头，爬得满头大汗，爬得气喘吁吁，爬得不亦乐乎。由于倒虹吸管年久失修，有些地方会喷溅出水花。他们兴致勃勃地追逐水花，笑声与水花共舞。在孩子们眼里，倒虹吸管就是一个游乐场；在孩子们的心里，倒虹吸管就是真正的彩虹。他们因此沾上了彩虹的色彩，心头充满了七彩阳光。

　　在彩虹上行走的孩子，那是人间最美的花朵。

踩影子

小时候，踩影子是我们的一项娱乐活动。

两个人走路的时候，如果另一个人的影子投在后面，我总是选择走在他的后头。走在后头的目的，就是踩他的影子玩。他走得快，我也走得快；他走得慢，我也走得慢。他往左走，我也往左走；他往右走，我也往右走。他走到哪里，我就跟在哪里，活脱脱一条"跟屁虫"。我力求每一步都准确地踩在他的影子上。如果他的影子不小心落在我难以踩到的地方，心里就会生出小小的遗憾。如果哪一步踏偏了，我就会迅速调整下一步的速度与姿势。一路踩着别人的影子，走路变成了一种游戏，路上不会觉得无聊，不会感到寂寞。

当然，我们踩别人的影子时，总是偷偷摸摸，悄无声息，生怕被对方发现，好像那是一件见不得人的事。好在前面的人眼睛朝前，很少回过头来，不知道后面的人在搞什么名堂。如果对方发现自己的影子遭受践踏，他们心里或许会不高兴。

如果碰巧走在漂亮的大姐姐后面，我心里就流淌着一股喜悦的清泉。踩她的影子时，我总是不敢用力，生怕踩痛它了。大姐姐不仅人长得漂亮，影子也比别人的要美。觉得能踩到她的影子，心情很美丽。

如果碰到自己不太喜欢的人走在前面，我就悄悄地跟着对方，狠狠地踩他的影子。踩过之后，似乎很解气，内心达至新的平衡。踩影子又成了一种情感发泄的方式。

　　有一天，我放学后回到家里，发现浑身有一种隐隐的、莫名其妙的痛。假如去看医生的话，我都不知如何讲述自己的"症状"。要说没有问题，我又感到哪里不舒服、不自在。猛地，我想起来了，在放学回家的路上，我的同桌默默地走在我的后头。他是不是在踩我的影子？我的影子被踩到了，所以我身上感觉到了疼痛。那天，我的手臂不小心碰落了他摆放在桌上的钢笔，而他的钢笔刚好没有盖笔帽，结果笔尖弄秃了，不好写字了。因为此事，他一直闷闷不乐。那时，钢笔属贵重物品，是学生最大的"固定资产"。第二天，我带他去修钢笔的地方，给他的钢笔更换了笔尖，感觉浑身轻快，一点也不痛了。

　　从那以后，我不再踩别人的影子玩了。随着年岁的增长，我渐渐长大了。

草叶上的阳光

在田间地头，不时见到马齿苋的身影。那是一种不同寻常的草，将它扯起来，晒在石头上，连晒好多天，不管太阳有多么的猛烈，它的叶片始终是碧绿的。要是别的草，早就晒得焦干，呜呼哀哉了，而马齿苋仍然是鲜活的，显示出强劲的生命力。不能不说，这是一种"奇迹"。乡下人送了一个外号给它，叫"晒不死"。

马齿苋的"神奇"之处，和后羿射日的传说有关。相传，在很久以前，地球上有9个太阳，晒得地球上的人都受不了。后羿搭弓射箭，一箭射落一个太阳。他总共射中了8个。最后一个太阳躲在马齿苋后面，没有被射落。有一条蚯蚓向后羿告密，说有一个太阳藏在马齿苋后面。后羿仁心大发，没有射落最后一个太阳，要不然，我们现在都有可能生活在一个漆黑的世界上。太阳对马齿苋心怀无限的感恩，怎么也不会将它晒干。而告密者的下场可有点惨，只要蚯蚓钻出地面，阳光就会狠狠地对付它，所以，至今，蚯蚓都躲在黑暗的地底下，不敢现身。这是马齿苋不怕晒的缘由。想不到，马齿苋与太阳有过如此亲密的接触。

马齿苋是一道天然的绿色蔬菜。有时候，家里闹菜荒了，跑到田野里摘几把马齿苋来，就是一道菜。大自然就是丰盛的菜篮子啊！将马齿苋洗净，在开水里一焯，拌上盐和醋，就可以食用了，味道鲜美，可品尝到大自然的气息，可品尝到阳光的味道。

此外，马齿苋还是一种治疗跌倒损伤的草药。有一次，我在野外玩耍，手臂上不小心摔出一个口子，流了一摊血，疼痛难忍。猛地，我想起了马齿苋，忍着痛去寻找。很快，我就找到了几株马齿苋。将它们捣碎，敷在伤口上，疼痛感慢慢地就减轻了。伤口愈合的时候，我总是觉得那里痒痒的，仿佛阳光不停地在挠我的手臂。

年少时留在手臂上的伤痕，今天依稀可以找到。时不时地，从伤痕处，洒出来鸟鸣般的阳光。

车前草

记得小时候，有一次，我肚子不舒服，老要往厕所里跑。母亲知道后，她忧郁的目光投向了苍茫的山野……

很快，她就出门了。回来时，她的手上抓着一把洗净了的车前草。这种草并不难觅，在路边，在地头，到处可见到它们的身影。

母亲将车前草煎了水，让我喝。喝了几次，渐渐地，我的症状减轻了。最后，症状完全消失了。

车前草既是一种寻常的野草，又是一味治病的良药。它具有利尿、止泻、消热、明目、祛痰等功效，能治疗多种疾病。

广袤的山野，是一个天然的中药房。三步之内，必有一药。对各种认识不认识的野草，我总是带着几分敬意，从不轻易去践踏它们。说不定哪一天，你身上哪儿出了毛病，而你脚下的哪株野草，就能帮助你免除痛苦，战胜疾病。

关于车前草名称的来历，还流传着一则故事。相传，在西汉时期，一位名叫马武的将军，有一次率兵出征时吃了败仗，被敌军围困在一个荒无人烟的地方。当时，正值盛夏，暑热难耐。幸存者都生病了，一个个小腹鼓胀，小便如血，且滴沥难尽。见此情景，马武将军心急如焚，一筹莫展。一天，将军的马夫忽然发现之前尿血的马尿的尿是清亮的，精神也好了许多，觉得很惊讶。于是，他密切跟踪马的活动。他发现，马总是嚼食一种猪耳形的野草。马夫心里忽地一动：马不尿血了，莫非是这种草起的功效？这种野草马原本是不爱吃的，现在一改常态，反倒愿意吃了，是不是治病的需要？人吃了这种野草，会不会跟马一样出现奇迹呢？他决定在自己身上做试验。他采来这种野草，煎服几次，果然恢复了健康，心中大喜。他迫不及待地将这个重大发现禀告马武将军。马将军听后喜出望外，大呼："天助我也！"他立即下令，全军士兵采食这种猪耳形的野草。不久，全体士兵的症状都消失了。马将军问马夫："这种草叫什么名？"马夫说："尚不知其名。"马夫指着战车前面摇曳的野草，说："将军，您看，战车前面就有一根啊！"马将军说："那就叫车前草吧！"从此，车前草成了它的名称。它治病救人的美名，一直传扬到今天。

如今，战车的声音早已隐去，车前草仍一片青葱，摇曳着晶莹的露珠，散发出远古时代的芬芳。它们时时刻刻张着耳朵，似乎在聆听什么。或许，它们是在聆听民间的疾苦。更多的时候，在人迹罕至的地方，在远离喧嚣的地方，它们听到了大自然的宁静，听到了岁月永恒的沉默……

厨房里的"魔术"

梅山鱼冻，是家乡的一道特色风味菜。做鱼冻的过程，无异于表演魔术，只不过魔术表演一般是在大庭广众之下，而做鱼冻则是在私家厨房里进行的。

俗话说："鸡呷叫，鱼呷跳。"活蹦乱跳的鲜鱼，味道是鲜美的。做鱼冻用的鱼当然得是鲜鱼，并且必须是产自新化县紫鹊界或东岭的稻花鱼。我的家乡就在东岭，那里的稻花鱼闻名遐迩。顾名思义，稻花鱼就是放养在稻田里、喝稻花长大的鱼。还有，用水也很讲究，取刚挑回来的古井泉水。做这道菜肴时，先将稻花鱼切成块状，放在锅里炖汤，仅加少许盐，不放油、葱等调味品。鱼汤做好后，待其自然冷却。如果室内气温在15摄氏度以上，则将鱼汤置于室外；如果室内气温在15摄氏度以下，鱼汤放在室内即可。过一段时间，见证"奇迹"的时候就开始了，鱼变成了鱼冻。令人稀奇的是，鱼冻做好后，在常温下不会再融化。鱼冻晶莹剔透，一眼望到底，看上去像是一件罕见的艺术珍品。

家乡人做鱼冻时，一般是头一天晚上将鱼汤炖好，放置一夜，第二天早上就能享用到美味的鱼冻了。鱼汤变成了鱼冻，液态变成了固态，难道不像是变魔术吗？这种吃法，是家乡人的独创，可谓独一无二。

此时，鱼的营养，全在鱼冻里了。鱼冻入口难烂，颇有几分嚼劲。冰冷的鱼冻与温热的舌头缠绵不休，一半是冰，一半是火，别有一番风味。食用鱼冻，最好配上少许当地产的略带酸味的剁辣椒，鱼冻的鲜香爽滑，加上辣椒的酸辣鲜香，妙不可言，回味无穷。

外地人在我家乡品尝了鱼冻的美味之后，念念不忘，回去后"依法炮制"，可是连连失败。为何？家乡的稻花鱼和家乡的古泉水好比魔术的道具，没有了道具，魔术表演怎能成功？正所谓，一方燕子衔一方泥，一方水土养一方人。

如果鱼冻诱惑了你的味蕾，那么，请到我的家乡来！

春天的味道

冬末春初，在我的老家——湖南省新化县一个穷乡僻壤的山村，气候很是寒冷，半点也没有回暖的迹象。北风呼啸，刮在脸上像刀子。田野上一片萧瑟，大地尚在严寒中沉睡。这个时节，记忆中儿时的餐桌上，难觅青菜的影踪。市场上虽然也有反季节种植的蔬菜，但价格高，因为家庭经济拮据，根本消费不起。最常吃到的，就是萝卜和白菜了。因为这两种菜不畏严寒，所以农家在这个时候能有收成。各式各样新鲜蔬菜的上市，则要待到春末夏初。

俗话说："鱼生火，肉生痰，萝卜白菜保安康。"萝卜和白菜，本是农家两样"宝"。但是餐餐吃，天天吃，难免会有吃腻的时候，总想着换换口味。这时，我把目光投向了山野。山野就是我的"菜篮子"。我知道，在沟渠旁、田埂边、坡地上，生长着一种叫野葱的绿色植物。我挎上竹篮，带着小尖锄，风一样地向山野奔去。

山野里，到处可见倒伏的枯黄的干草。我一边行走，一边仔细地搜寻。冷不防地，一抹喜人的绿色点亮了我的眼睛。它们就是我要寻找的野葱。它们的根深深地扎进了泥土里，用手拔不出来。我带着的小尖锄可派上了用场。我将它们挖出来，放进篮子里，继续寻找目标。

我总结出了规律，或是在土壤肥沃的地方，或是在阳光充足的地方，或是在土地湿润的地方，容易寻获到野葱。它们很合群，密密麻麻地生长在一起，像一个团结的大家庭。发现了一根野葱，便能找到一丛。在枯草丛中，它们是那样的引人注目，又是那样的与众不同。在寒冷的袭击下，许多绿色的生命都消失了，而野葱却挺起了绿色的头颅。它们不畏严霜，不畏风雪，倔强而又自然地生长在山野里。没有人种植它们，没有人打理它们，自己就是自己的主人。

经过一个上午或一个下午的努力，我的篮子里盛满了绿色的喜悦。尽管野葱里夹杂着许多的草屑，但丝毫不影响我收获的心情。我蹦蹦跳跳走在回家的路上，好比古代战果辉煌、班师回朝的将军。

一篮子野葱看上去很多，但炒出来也就一盘菜。回到家里，清理野葱，慢慢挑，细细拣，一根一根洗，半点也马虎不得，颇费了一番工夫。

当天的餐桌上，多了一道无公害、纯天然绿色食品。它色泽鲜绿、香气袭人，令人胃口大开。因为新添了这道青菜，我大快朵颐，三碗饭吃得精打光。大人尝了，也觉得味道不错，连夸我能干，我的心里又有一道喜悦的清泉在叮叮当当地流淌。

细细品尝野葱，它有一种山野的气息，一种大自然特有的清香，那似乎是春天的味道。品尝了野葱，我的心里仿佛装下了春天。

于是，山野里活跃着一个不知疲倦的身影……在春天尚未到来的时候，我已经找到了春天！

稻花鱼

在和煦的春风里，稻秧被插了下去。苏醒的田野上，站立着一首首绿色的诗行。

这个时候，乡亲们舀来一碗碗"墨水"，倒进稻田里。那些"墨水"，其实就是鱼苗。

过了些日子，就能看到蓝莹莹的春水里，成群结队的小鱼在畅游。那些"墨水"已经变成了一个个逗号，给田野上永恒而经典的诗作断句。

此时，稻秧扎根尚不是很稳，但小鱼儿的活动对稻秧的生长几乎没有影响，因为它们的个头很小，动作也很轻，根本不会搅动稻秧的根系。

稻秧在悄悄地生长，鱼儿也在悄悄地生长。

等到稻株长得壮实的时候，鱼儿也有手指那么粗了。此时，鱼儿在稻株间捉迷藏，在水草下嬉戏，你追我赶，好不快活！稻田里，不时响起它们欢乐的喧哗声。

水稻扬花的时候，是鱼儿最期待的日子，也是它们最兴奋的日子。田野里，弥漫着稻花清新的香味，连风儿都跌跌撞撞，被香味熏醉了。微风悄悄走过，稻花簌簌落下。鱼儿纷纷浮上水面，咕嘟咕嘟地品着稻花，惬意极了。因为它们生长在稻田里，与水稻和谐相处，能够品尝到稻花，故谓之为"稻花鱼"。

偌大的世界，只有我家乡方圆二十公里左右的地方出产稻花鱼。物以稀为贵。稻花鱼产量极少，供不应求，因而身价猛增。一些商贩用河鱼、塘鱼冒称稻花鱼，以谋取暴利。河鱼、塘鱼徒有稻花鱼的外表，却无稻花鱼的实质。

一次，我在田埂边看到一群稻花鱼，它们已有手掌那么大了。它们钻来窜去，把我的眼睛都看花了。它们像花一样轻盈，像花一样漂亮，似乎还染上了花一样的清香，在水中像花一样的翩翩起舞……品尝了稻花的鱼，仿佛变成了一朵朵花。我站在那儿，双脚好像生了根，久久不愿离去，活脱脱一个痴子、一个傻子。我目不转睛，似乎在欣赏"水中芭蕾"的盛宴。

我以为，生活在家乡稻田里的稻花鱼，幸福指数是挺高的。它们不像生活在鱼缸里的金鱼，被禁锢在一个容器内，喝着漂白粉，摇头摆尾，取悦于人；也不像生活在江湖里的鱼，天天搏击风浪，时时提防暗礁险滩，担心渔网与钓钩，惶惶不可终日……稻花鱼生活在平静的稻田里，喝着天然矿泉水，品着无公害稻花，悠然自在，怡然自得，不为功名，不逐金钱，也不送礼走后门，不谄谀，无媚骨，无惧无畏，无欲无求，无拘无束，潇潇洒洒，逍遥于天地之间，快活似神仙。

来世，不做别的，就做一尾稻花鱼。

底线

记得刚上小学那会，我穿的是裤头系松紧的裤子。一个班上，总有几个爱作恶作剧的同学，我们班上也不例外。一天，一个同学悄无声息地走到我身后，冷不防地将我的裤子往下用力一扯。哎呀呀，我的裤头被褪到了大腿，周围顿时响起一阵窃笑。在大庭广众之下，被脱掉裤子，多羞人啊！我迫不及待地提上裤子，怒不可遏地去追赶作恶作剧的同学。他早有防备，怕我"报复"，一溜烟地跑远了……

回到家后，我向父亲投诉："班上有同学扯我的裤子。"

"你连自己的裤头都没守住？"父亲对我受伤的心灵并没有给予安慰，这完全在我的意料之外。

父亲没有偏向我，我觉得很受委屈。百分之一百是那同学的错，我压根就没招他惹他，他则令我当众出丑、蒙羞，我完全是无辜的，难道不值得"同情"吗？

渐渐地，同学之间彼此熟悉、了解了。那几个爱作恶作剧的同学，我自然心中有数。他们无聊时，喜欢脱别人的裤子取乐。那时，大部分同学都穿系松紧的裤子。一开始，松紧比较紧，但穿着穿着，松紧就变松了。只要从后面猛地一扯，裤子就轻而易举地被扯下来。有的同学如果没有穿内裤，外裤被脱掉，结果就很悲惨了。每次看到那几个同学的身影，我的神情就有点紧张。他们一走近，我的双手就死死地拎住裤头。他们的"阴谋"不可能得逞了。

过了些日子，父亲问我："还有同学扯你的裤子吗？"

我说："我早有防备，用力扯住裤头，他们想扯，也扯不掉了。"

"这就对了！"父亲说，"不过，你还有更好办法。"

更好的办法？那是什么呢？我一时没有想到。

一天，我看到桌子上有一根布带子，拿起它在腰上比划了一下，长短正好合适。我心里忽地一动，用它做裤带子，不是挺好吗？父亲所说的更好的办法，是不是这种呢？那时，家里穷，买不起皮带，但是，找到一根裤带子并不是难事。

系上裤带子，裤子不容易被脱下来，我觉得"保险"了。我再也不用时刻提防那些作恶作剧的同学，心里颇为放松，双手也得到了"解放"。

有一次，我趴在草地上玩耍，忽然感觉到裤子上有股力量，猛地回过头来，看到父亲微笑的脸。

原来，爸爸悄悄地走到我身后，试探性地扯了扯我的裤子，结果没有扯下来。

我明白父亲笑里的含义，因为我随时守住了底线。

顶针

在母亲的针线盒里，有一枚古老的顶针。它，伴随了母亲几十年的光阴。

纳鞋底的时候，顶针就派上用场了。因为鞋底很厚、很硬，针要穿过去颇有点困难。首先，锥子自告奋勇地探路。它艰难地挺进到半路，或许是害怕鞋底的黑暗，又退了回去。针沿着锥子开辟的道路继续前行。针尽管尖锐，但相对于厚重的鞋底，显得特别单薄、特别瘦弱。针在黑暗中不断挺进，努力寻找光明的出口。此时，戴在母亲手指上的顶针，不失时机、不遗余力地推了它一把。于是，针顺利地穿过了鞋底。

当我们在黑暗中摸索的时候，当我们遇到困难的时候，如果有人在背后推一推、顶一顶，成功的机会就会大很多。

因为长年累月推顶，顶针身上布满了密密麻麻的针眼，不仔细看，还不容易发现。没有人知道，那是它心上的伤痕。它没有任何抱怨，只是默默地承受；也不会向任何人倾诉，即便在夜深人静的时候。谁要它是顶针呢？顾名思义，顶针就是推顶针的。推顶就是它的职责。它不履行这个职责，它就不是顶针，而是其他什么东西了。怎能因为有了伤痕，而放弃自己的职责呢？而顶针身上的伤，成了针前进的不竭动力。

我觉得顶针就是母亲的写照。她勤勤恳恳，任劳任怨，几十年如一日，生活的苦与累，总是独自忍受。为了家庭，她甘愿付出，甘愿牺牲。她不知疲倦地为我们做了一双又一双布鞋，却近乎自虐地没有给自己做一双。她心里想的是他人，唯独没有她自己……

朴素的母亲，没有任何首饰。她戴的时间最长、最久的就是顶针了，顶针就是她唯一的饰物。不知为什么，这一枚锈迹斑斑、伤痕累累的顶针，却令全世界所有的戒指瞬间黯然失色。

（原载《延河》2017 年第 6 期，《散文》（海外版）2017 年第 9 期转载）

对联肚子

二伯父的对联堪称一绝。每逢十里八乡婚丧嫁娶、修桥盖房、开业庆典，或是重大节日、纪念日，他都会撰写对联，或是应人之邀，或是有感而发。他的对联，对仗工整，主题突出，立意新巧，气势不凡。他一生所撰的对联难计其数，精品佳作层出不穷。至今，一些精彩之作仍在当地人口中传颂。

为纪念孙中山先生，二伯撰联曰：

　　　　　除帝制以兴邦，功越嬴刘李赵
　　　　　扶劳工而联共，名高亚美欧非

1976 年 1 月，惊闻周恩来总理逝世，二伯撰联：

　　　　　为恤民情，乃赴人间施政务
　　　　　因为仙约，忽升天上正乾纲

1994 年，为纪念魏源诞辰 200 周年，二伯撰写长联：

一百卷图志，是谁家妙手天成？忆宝庆飞雏，杭州跨鹤，登进士于京兆，除牧伯于高邮。与龚氏齐名，声闻朝野；为裕谦划策，力挫侵陵。怀变古便民之奇才，展通经致用之大志。外资明治，内启康梁。师夷长技以制夷，发聩振聋，爱国昔曾垂典范。

两世纪风云，演故地桑田沧海。叹洪杨踬踣，戊戌徒劳。虽起义乎武昌，卒合流乎宁汉。迨毛公肇造，扭转乾坤；赖邓老筹谋，恢弘业绩。作中华特色之设计，定改革开放之方针。后福千秋，先行三步。全我金瓯而属我，扬眉吐气，兴邦今始慰英灵。

1997 年 7 月 1 日，香港回归，二伯撰联：

（一）

港以香名，自是因风传万国

旗呈米字，从兹随主遁重洋

（二）

四海高歌，万众扬眉，百年耻辱今朝雪

千秋盛事，零时起首，七一光辉永世垂

1999 年 12 月 20 日，澳门回归，二伯撰联：

俯仰即沧桑，世界将新，严冬将尽

回归排伯仲，台湾其弟，香港其兄

将人名嵌入对联，又要突出主题，本是高难度的事情，但二伯却写得得心应手。

乡亲高绍槐有三子，名宗义、宗礼、宗智。高家盖新房时，二伯撰写了一幅贺联：

绍志且充闾，振高氏家声，宗其义，宗其礼，复宗其智

槐前还植柳，仿先贤宅卜，必也兴，必也富，亦必也昌

再看他赠送给吴晓平君的对联：

晓于事，慎于言，视长如兄，视幼如弟

平其心，静其气，逢强勿怕，逢弱勿欺

刘晚姑女士新婚，二伯撰联祝贺：

晚来秉烛试君才，此日三难，投石尚须提示否

姑理新妆问夫婿，黛边一笔，画眉深浅入时无

陈立延君是二伯的学生。学生新婚燕尔，作为先生的二伯赠送贺联：

立雪在吾门，昔年负笈登堂，视予犹父

延娇贮金屋，今日齐眉举案，敬尔如宾

除了嵌入人名，顺时应景也是二伯的拿手好戏，往往是信手拈来，一气呵成。

比如 2001 年元旦，二伯撰联：

寿以年增，公元昨满双千岁

福随时至，大地今添一片春

某君正月二十四日结婚，二伯的贺联是：

择正月二十四之吉旦

结三万六千日之良缘

某婶寡居多年，含辛茹苦养大一家子，五十岁寿庆时，二伯做贺联：

再过五十年满百岁

先让一家子敬三杯

应开口笑酒厂邵阳大曲之邀，二伯撰联两幅：

（一）

与我干杯，感诸君笑口常开，开口笑夸开口笑

将它下酒，讶此物生花忽落，落花生出落花生

（二）

杜康本业内宗师，欣闻宝庆香辣，开口笑歌开口笑

李白亦饮中仙子，欲得邵阳大曲，静夜思赓静夜思

二伯撰写对联，不图名，不图利，却乐此不疲，常借此表明心志，自我消遣，自娱自乐。

1995 年 4 月，二伯退休前口占：

读《归去来辞》，两袖清风朝后转

听《阳关三叠》，一江春水向东流

2000 年 4 月，二伯提前为自己预备了挽联：

（一）兼谢客

且勿悽惶，待飞天外参观，另有琴书传子弟

殊深感谢，承到堂前吊唁，愧无言语对亲朋

（二）兼自嘲

读书也无悔，教书也无尤，轻抛利禄功名，再世亦甘充字贩

爱我者勿悲，知我者勿叹，试看古今中外，谁人能不见阎罗

（三）兼作遗嘱

遗产无多，惟有矮屋半椽，破书数卷

所求亦少，但得平安二字，忠孝两途

小时候，常听二伯讲对联故事。一幅绝妙的对联，往往衍生出一个精彩的故事。记住了故事，自然也就记住了对联。

一些不太好对的对联，很少能难倒二伯。有一次，我的老师在班上出了上联：好书不厌百回读。班上同学无人能对。我拿着上联请教二伯，他沉吟片刻，下联脱口而出：利刃何须千遍磨。

二伯学历不高，高中尚未毕业，但他勤奋好学，饱读诗书，才思敏捷。他偶尔作诗词曲赋，尤工于对联。别人写的，他自己写的，全装在他肚子里，走起路来咣当咣当地响，平平仄仄，仄仄平平……

我见过各种各样的肚子，有人长着啤酒肚，有人长着将军肚，我的二伯呀，长了个对联肚子。

鹅比狗狠

　　"鹅，鹅，鹅，曲项向天歌。白毛浮绿水，红掌拨清波。"现在，幼儿园的小朋友都对骆宾王的《咏鹅》倒背如流。该诗生动、逼真地描写了鹅的形象与神态，给人留下了一幅富有情趣的美丽图画。然而，在我的记忆中，鹅却是一个凶狠的角色，甚至比狗还要狠。

　　那时候，家乡实行自给自足的经济，不仅蔬菜自己种，肉类来源也主要依靠自家喂养。因此，家家户户，不仅喂猪，而且鸡鸭鹅成群。鹅看上去是一种高贵、美丽的家禽，其实却是一种带有攻击性的动物。

　　有一次，我去隔壁村庄玩，一只肥大的鹅见了我，把我当作来犯之敌，不由分说，昂首挺胸，大摇大摆，径直朝我走来，向我发起猛烈的攻击。我当时被吓坏了，心口怦怦直跳，只好连连后退。它不肯善罢甘休，乘胜追击。眼看着它就要啄到身上了，我的心都快要跳出嗓子眼了，恨不得插翅而飞。幸亏我逃得快，与鹅拉开了距离。刚好，村路旁有一座猪楼。情急之下，我闪进了猪楼里，并且眼疾手快地用一块门板挡住了入口。鹅无法走进来，但也没有撤退，而是在猪楼外与我对峙。就这样，我与鹅一直保持着僵持状态，我不敢出去，它也无法攻进来。后来，事情有了转机，鹅的主人走来，强行赶走了自家的鹅。鹅离去时，引吭高歌，仿佛是凯旋的大将军。此时，我才得以解救出来。可怜的我，在猪楼里呼吸着恶浊的空气，差点要呕吐了。

　　此后，见到鹅，我心里都有几分恐惧，总是远远地避开，免得再次成为它攻击的目标。再读《咏鹅》，我对诗中描写的鹅颇不以为然。在我的心目中，鹅是一个十足的"恶霸"。

鹅之所以敢对人发动攻击，是因为鹅眼看人，会把人看小。奥秘原来就在这里！它把人看小了，胆子就像被吹的气球一样迅速膨胀起来，因而无惧无畏，长驱直入。与鹅相反，牛眼看人，却把人看大了。所以，耕田时，牛老老实实地听从主人的吆喝，不敢越雷池一步，任劳任怨，成了人的奴隶。即使牛鞭雨点般地落在身上，它也毫无反抗之意，尽管它的力气并不比人小。当牛眼中的人像一个庞然大物的时候，牛胆大概变得只有蚂蚁那么小了。

与鹅类似，狗看东西时，把大东西看小、高东西看矮。所以，狗胆包天，即使骡马牛之类比狗大许多倍的动物，它都敢咬敢追。因此，形成了一句俗话，叫"狗眼看人低"，引申出"瞧不起人、歧视人"的意思。

小时候，我所在的村庄，几乎每家都有养狗的。但是，狗会认人，见到熟人，它不叫不咬。假使见到胡乱叫唤的狗，我也犯不着害怕，装着猫腰的样子，就可以将它吓退。狗以为我要捡石头打它，噤若寒蝉，夹着尾巴逃跑了。而用这一招来对付鹅却不灵，鹅大概不知道石头的滋味。它的字典里，压根就没有"怕"字。所以，我的结论是：鹅比狗狠。

耳朵里有尾巴在跳？

　　猛地，我觉得耳朵奇痒，里面好像有什么东西在动，伸手一掏，掏出一截蹦蹦跳跳的壁虎尾巴，迫不及待地将它甩掉，不由自主地尖叫起来……

　　我一下醒了过来。原来，刚才只是在梦中，但身上已经吓出了一层冷汗。

　　白天，我和伙伴们在晒谷坪上玩耍。突然，一个小伙伴惊叫起来："看，壁虎！"顺着他指示的方向，我们看到一只壁虎在探头探脑。老实说，我有点怕壁虎，但仗着人多，并没有被吓退。

　　"我们打它，它是怪物！"不知是谁的提议。

　　"好！"大家异口同声，纷纷响应。

　　看来，大家对壁虎的印象都不好。它有一手"绝招"，在墙壁上快步如飞，如履平地，从不担心掉下去。我们经常冷不防地看到潜伏在墙壁上的壁虎，似乎在伺机实施什么阴谋。

　　有位小伙伴最先离开晒谷坪，捡回来一个石头，准备对壁虎发起攻击。我和其他小伙伴纷纷效仿，手上都握着一个石头。雨点般的石头，朝壁虎砸去。

　　有一个石头砸中了壁虎，砸掉了它一截尾巴。被砸断的壁虎尾巴在地上蹦蹦跳跳，像是一个会跳舞的小精灵。我们对此感到很惊讶，一个个目瞪口呆。趁这个时候，壁虎悄悄地逃出了我们的视线范围。待我们回过神来，它已不见影踪了。"狡猾"的壁虎，用一截尾巴迷惑我们，保全了自己的性命。一截尾巴换了一条命。再说，它丢掉了那截尾巴并不要紧，过不了多久，新尾巴又能长出来。

这时，院子里走来一位大哥哥，一本正经地对我们说："你们砸断了壁虎的尾巴，到了晚上，那截尾巴会钻进你们的耳朵里去……"

"你骗人！"有小伙伴回应道。

"我有没有骗你们，到时候就知道了。"那位大哥哥说完，头也不回地走了。

对他的话，大家将信将疑。

回到家后，我开始感觉到一种莫名的恐慌，后悔加入了打壁虎的行列。因为我们砸断了它的尾巴，它便展开了疯狂的报复行动，让尾巴跳进我们的耳朵里去。它简直就是一个妖魔！

到了晚上，我时不时地掏耳朵，看里面是否有壁虎尾巴。我对壁虎生出无端的恐惧，只要想到它，浑身就会泛起鸡皮疙瘩。

睡着之后，我梦见耳朵里有一截壁虎尾巴在跳……于是，发生了上面所述的情形。

后来，随着年龄的增长、知识的增多，心中的疙瘩得以化解。壁虎专吃蚊子和虫子，对人类其实是有益的。至于断了的壁虎会钻进人的耳朵，那简直是无稽之谈。那位大哥哥的话，明显属于"吓唬"性质。因为年幼无知，我将壁虎妖魔化了。即便是现在，对于一些未知的事物，我们仍然会有意无意地将它们妖魔化。

对于未知的事物，人们容易产生误解，内心往往产生恐惧。童年的经历启示我，尽可能去了解它、认识它，这是消除误解与恐惧的最佳途径，因为，耳朵里没有尾巴在跳。

饭桌的"秘密"

在过去的乡村，家庭生活往往以饭桌为中心。用餐固然离不开饭桌，我小时候的作业也是在饭桌上完成的。倘有客人来到家里，他们也是围着饭桌而坐。

从某种意义上说，一张饭桌子就是这个家庭的面子。饭桌不必高雅，不必豪华，但必须保持洁净。倘使客人来到家后，看到肮脏的饭桌，不由得皱起眉头，那么做主人的必定颜面尽失。

小时候，父母因为忙，我便主动做一些力所能及的家务活。我的劳动习惯的养成，是从擦饭桌开始的。父母教我，饭桌要擦得全面，不能潦草地用抹布在饭桌上画几个大字，敷衍塞责，那样的话肯定会有一些地方没擦到，留下"卫生死角"。还有，擦的时候，要将衣袖挽起来，免得将袖子当成了抹布，使袖子沾上了油渍。饭桌有没有擦干净，有一个极其简单的检验方法，就是伸出一根手指，在桌面上摸一摸，如果手指上没有污点，就说明擦干净了；如果手指上留有黑印或油渍，就说明没有擦干净。一日三餐，都是在饭桌上进行，饭粒掉在饭桌上，菜汤洒在饭桌上，倘不及时清理，还容易招来蚊虫。一家人进进出出，灰尘扬起来，落在饭桌上。因此，饭桌得经常擦、反复擦。擦饭桌成了我日常的"功课"。一桌不擦，何以擦天下？

我们走进别人家里，瞅一眼他家的饭桌，就大概能看出女主人持家的水平。如果饭桌脏兮兮的，灰尘积起三尺厚，简直可以种苋菜，那么基本可以判断这户人家的女主人不怎么会持家。他家的其他地方，估计也好不到哪里去，乱七八糟、脏乱不堪会是"常态"。走进这样的人家，客人往往不敢落座，生怕凳子弄脏了裤子。除非万不得已，客人也不会在这样的环境里久待下去。一张饭桌都脏成这样，女主人的个人形象也会受到连累。见到其人，果然蓬头垢面、邋里邋遢。如果饭桌洁净如新、一尘不染，那就说明女主人讲卫生、会持家。他家的其他地方，估计也是整整齐齐、干干净净的。客人在这样的环境里，也会感到舒服。女主人的个人形象大体上也能勾勒出来。见到其人，果然一身整洁、清清爽爽。

饭桌像是一面镜子，照出了女主人的面容。它好像智能化了，能透露家庭的诸多"秘密"。主人可得当心了，它有时嘴巴不严，把家里一些不该说的"隐私"也说了出去。

丰盛的夜宵

"咚咚咚"，我怀着忐忑不安的心情，敲响了一位熟人的门。

熟人开了门，问我："有什么事吗？"

"我……我……想……想……借……借……点……盐……"我支支吾吾，结结巴巴。

"借什么借，拿一点去就是了！"熟人说，"这么晚了，还没有吃饭？"

"嗯嗯嗯，"我唯唯诺诺，"肚子饿了，想做点饭吃。"

"那有菜吗？"

"……"

老实说，我没有菜，什么菜都没有，但又不好意思说，只好沉默以对。

熟人大概猜到了情况，从厨房里拎出一棵白菜，说："这白菜，也拿去吧。"

那时，三哥在县城某单位上班。我给他打下手，帮他做点抄抄写写的工作。三哥住单身宿舍，自己没有起伙食，一天三餐都吃食堂。我跟着他也在食堂里搭伙。吃完晚饭，回到宿舍，挑灯夜战，抄抄写写的工作又持续了几个小时。那时年少，饭量大，消化也快。在食堂里本来就没完全吃饱，几个小时后，晚餐吃的几两饭已经消化殆尽，肚子里咕咕咕地闹起了空城计。可宿舍里找不到充饥的东西，一丁点都没有。我只有断了念想，强忍着饥饿，上床休息。我设法让自己尽快入睡，以便让睡眠将越来越强烈的饥饿感吞噬掉。睡眠好像长有一副铜牙铁齿，三口两口，就悄无声息地把饥饿感咬烂吞下肚去，连骨头都不吐。

一天晚上，三哥也忍不住饥饿，提议道："我们做点什么吃吧。"

我嘴上虽然答应了，心里却在想："做什么吃呢？宿舍里什么吃的都没有，尽管煤气炉、厨具一应俱全。又那么晚了，菜市场早就关门了。难道还能变出东西来？"那时候，街上还没有人开超市，购物极其不便。再说，囊中羞涩，裤袋里掏不出几个铜板。

"这样吧，我们出去借点东西，找熟人借。能借什么就借什么。哪怕今晚开火不成，也为明天晚上开火做准备。你往城东走，我往城西走……"三哥又说。

我们关了宿舍门，分头行动，消失在茫茫夜色中……

在城东，我好歹认识几个人，有一两个好像还沾亲带故。事先，我规划了"路线图"。借一头猪，借一头牛，肯定借不到，因为那时生活普遍拮据，但是借一点盐，借一点油，只要肯开口，应该不成问题。有了油，有了盐，就可以开一大锅汤了。走到熟人家门口了，我既畏畏缩缩，又大大方方地敲响了门……

回来时，我和三哥差点在宿舍门口撞了个满怀。两人都满载而归。我手里拿着盐、油、大白菜、花生米，三哥手里则拿着大米、鸡蛋、烤鸭。两人互望一眼，都会心地笑了。

我们在宿舍里忙开了，锅碗盆碟奏响了欢快的交响曲……

好一顿丰盛的夜宵！

风雨中的露天电影

乡村生活单调而枯燥，观看露天电影，无疑是一次精神盛宴的享受。

那时，乡村放映队在村子里轮流放电影。轮到我们村子里时，大人们欢欣鼓舞，孩子们更是欢呼雀跃。放映电影的设备，早早地被村子里派出的劳动力挑来。一处宽敞平坦的晒谷坪，被择为放电影的场地。银幕挂在两棵间距合适的树之间。如果没有合适的树，就竖两根杆子，或者干脆将银幕挂在墙上。

黄昏时分，晒谷坪上摆满了高高低低的各式凳子。从外村赶来、没带凳子的，"站以待黑"。若是晒谷坪上挤满了观众，连一根针都插不进去，不甘心的观众就爬上树，爬上屋顶，爬上猪楼，爬到可以看电影的地方。

如果天气稳定，如果放映设备不出故障，露天电影可以顺利地进行下去。最怕电影放到一半的时候，天气突变，风雨也来凑热闹。如果电影中途停止，现场观众会无比扫兴的。他们牵挂电影中人物的命运与结局，没办法安睡。他们都在心里一个劲地祈祷，祈祷风停雨住，可是刮风下雨，不以人们的主观意志为转移。好在电影放映队非常理解大家的心，只要不是遇上滂沱大雨，电影还是会继续放下去的。放映机上，一顶宽大的伞举了起来，防止放映机被雨淋湿。观众或打着雨伞，或披着蓑衣，坚持把电影看完。没有办法弄到雨具的，奋不顾身，纹丝不动站在雨中看电影，浑身被淋成了落汤鸡。

有一回，在我们村子里放一部爱情片，天公不作美，电影放到一半的时候，风刮了起来，雨落了下来，可是电影放映没有受到影响。放电影的坚持把电影放完，而看电影的也坚持把电影看完。

放映机投射的光束下，雨点像是扑火的飞蛾，前赴后继。在风的煽动下，银幕也变得不老实了，变成了扬起的帆，展翅欲飞。最痛苦的莫过于漂亮的女演员了，她那美丽的脸庞被扭曲了。如果她本人看到自己被"毁容"，也许会情不自禁地开怀大笑，或者会伤心地痛哭一场。银幕中自然的风景，也毫不留情地变了形。而整个爱情故事，因为风雨的渗透，变得湿漉漉的。好端端一部电影，似乎变成了一出荒唐剧。现场观众，时不时响起一阵阵哄堂大笑。因为这些，那场电影成了我儿时刻骨铭心的记忆。

三十多年后，我回到阔别的家乡，物是人非，儿时熟稔的风景已大幅度地变形，变得无比陌生，心中感慨万千。不知怎的，儿时在风雨中看露天电影的场景猛然浮现在眼前。

或许，那场电影是专为我一个人而放映的，其他的观众只不过是陪衬。如果风雨不来，电影中的故事称得上是完美的。但是风雨不可阻挡地来了，毕竟天意难违，于是，美好的事物开始了变形。它对我后来的人生是一种巧妙的暗示，可是我当时太小，糊里糊涂，看不明白，反倒像看别人的故事一样，混在观众队伍里，时不时爆出几声天真的笑……

父亲树

在我国传统文化中，椿象征着父亲，椿树即父亲树。我家屋后有一株椿树，我觉得它就是父亲的化身。

椿树长在灌木林里，脚下是一片贫瘠的土地。它没有抱怨环境的恶劣、命运的不公，而是顽强地向上生长。也唯有往上发展，才能拓展生存的空间，否则，就会被扼杀在灌木林里，永无出头之日。正如父亲告诫我的，不管处境如何艰难，都不应自暴自弃，而应自立自强。椿树尽管不是很粗壮，却长得十分挺拔，没有丝毫的媚骨。即便贫寒，腰杆也要挺直，这是父亲为人真实的写照。

二月，春寒料峭，大地还没有从冬天的萧瑟中缓过神来，椿树却迫不及待地绽放出嫩芽，带来春的信息，给人以希望与温暖。嫩芽不是绿色的，而是呈绛紫色。我想，那一定是它的心血染成的。父亲以他那份微薄的收入，竭尽全力地支撑着我们这个家。在艰难的日子里，他不断地给我们鼓劲，给我们希望和力量。在我陷入迷惘和黑暗时，他不惜把自己的心点成一颗明灯，指引我前行。

早春也是闹菜荒的时节。我那时在学校里寄宿，一日三餐吃的都是从家里带来的坛子菜。吃久了，打的嗝都是坛子味。有一天，父亲在学校附近办事，为了改善我的伙食，顺便给我送来了一罐菜。一看，是我喜欢吃的香椿炒鸡蛋。以前，我在家的时候，父亲都是要我爬树摘椿芽。父亲年纪大了，身手没有那么灵活了，怎能爬上高高的椿树呢？即使他能爬上树，椿树也未必能承受住他身体的重量。我说出了心中的疑问。父亲爽朗地笑了，说："你以为我不会想办法的吗？在竹竿上绑一把镰刀，站在椿树下一钩，椿芽就采到了。"椿芽一长出来，就被割了去，椿树情愿不情愿？会不会感受到痛苦……父亲因为要去办事，匆匆地走了。望着他远去的背景，闻着芬芳的香椿，我的眼泪默默地流下来。

椿树身上常有琥珀样的树脂。我小时候不懂事，用小刀去割取树脂，在树身上留下了一道道伤痕。树脂粘粘的，稠稠的，我和小伙伴用来作打野仗的子弹。现在想来，那树脂一定是父亲心中的泪凝成的。父亲命途多舛，但在人前始终是欢笑的，眼泪只在心里流淌。年少时的我，不但没有带给他慰藉，反而带给他伤害。每每想到此，我就感到无比的内疚。

《庄子·逍遥游》中说："上古有大椿者，以八千岁为春，八千岁为秋。"椿树是长寿的，可我家屋后的那株椿树，存活的时间并不长。椿树死后不久，父亲也走了，离别了这个给它欢乐更给他苦痛的世界。

在父亲的坟头旁边，悄悄地长出了一棵小椿树……

"狠"就一个字

在我家乡方言的语境里，"狠"含有"十分厉害""能力超群"的意思，完全是褒义。一般人不敢做或者做不到的事情，某人如果敢做或做到了，那这个人就是"狠"。比如，一般人一餐最多只能吃三碗饭，如果某人一餐吃了五碗饭，家乡人会说他"狠"。再比如，一般人一次最多能挑200斤，如果某人一次能挑起300斤，家乡人也会说他"狠"。

一个人"狠"不"狠"，往往是比出来的。于是，在我家乡有"比狠"之说。

在我上小学的路上，有一个马蜂窝。胆子大的同学，看到马蜂窝，听到马蜂嗡嗡嗡的声响，吓得腿都软了。他们宁愿绕好大一个弯，目的是避开马蜂窝所在的那一段路。更多的同学，走到那里时，则是捂住脸，猫着腰，放轻脚步，快速通过，好像是在突破敌人的封锁线，唯恐被马蜂发现，成为被袭击的目标。

我们班上的黑鼻，天不怕地不怕，以胆大出名。他走到马蜂窝所在的路段时，偏偏停下来，并且将地面踩得咚咚响。他故意弄出很大的动静，是想告诉路上的同学："你们看，我的胆子多大！"也是在马蜂面前逞能："你们能把我怎么样?"尽管他在那里"耀武扬威"，马蜂也没有理会他。他在我们心中的形象变得高大起来，成了我们崇拜的英雄，因为他"狠"，其他人没有比他更"狠"的。

一次，几个同学一起穿越那个路段，黑鼻也在其中。他捡了个石头，冷不防地朝马蜂窝砸去。马蜂窝一下"炸"开了锅。怒不可遏的马蜂，成群结队，像一架架轰炸机，气势汹汹地展开了大规模的报复行动。其他同学见状，纷纷抱住头，没命地逃跑。可是他们哪里跑得过天上飞的马蜂呢？马蜂很快就追了上来，对运动中的目标发动了猛烈的袭击。他们一个个被马蜂蜇得鼻青脸肿、哭爹喊娘。黑鼻也未能幸免于难，尽管他跑得比兔子还快。

事后，黑鼻遭到了老师的严厉批评，遭到了被蜇同学家长的声讨，虽然他本人也是"受害者"。如果他不主动招惹马蜂，其他同学也不会跟着他遭殃。但是，他在我们心中的形象似乎并没有受到太大的影响，因为他不但不怕马蜂，还敢砸马蜂窝，我们觉得他实在是"狠"。

经历了上次的"风波"，马蜂并没有撤退，依然在原地聚集，重建家园。同学们在马蜂窝前来来往往，每次都要冒着巨大的风险。

一位高年级的哥哥见此情形，决定将马蜂窝除掉。在清除行动前，他做好了充分的准备。首先，他戴了一顶宽大的斗篷，完全遮住了脸，看上去像个神通广大的魔法师。然后，他将身体裸露在外的地方（除了眼睛）都涂上了一层厚厚的泥巴，看上去像个丑八怪。因为涂上了泥巴，即使被马蜂蜇到，也蜇不到肉，不用担心受伤。准备工作就绪，他带着一个烧得很旺的火把，出其不意地对马蜂窝展开了"火攻"。马蜂纷纷逃窜，动作稍慢的就葬身了火海。马蜂窝也在大火中灰飞烟灭。而那位高年级的哥哥却安然无恙，毫发未损。

相比之下，他比黑鼻更"狠"，因为他不但勇敢，而且有智谋。"狠"字于是被赋予了更多的含义，成了有勇有谋的复合体。

寄给远方的信

　　多年以后的一天，当我踏上南下的列车、去广西探亲的时候，内心止不住地激动。车轮撞击铁轨，发出有节奏感的"哐当哐当"声，像是在唱着一支雄浑的进行曲。我不由得想起，多年以前，我寄给远方的信，同此刻的我一样，走着相同的路程，跨越万水千山，向着目的地飞奔……

　　在我的印象中，乡亲们的亲戚多数在近处，一般来说走路便能抵达。如果需要到县城汽车客运站坐车才能到达的，已经算是很远的地方了。而我姑父一家人住在广西，去到他们那里，或者他们回来探亲，在当时坐汽车都不行，需要乘坐火车。尽管广西与湖南相邻，但对当时的我来说，那算是一个非常遥远的地方。广西之远，已经完全超出脚力所能到达的范围。当我跟我的同伴说起我有亲戚在广西时，他们脸上无不写满羡慕的神情，因为他们远方都没有亲戚。广西，既勾起了我对远方的向往，又满足了我内心的一点虚荣。

　　姑父很少回来探亲，一是因为他的工作很忙，探亲时间有限；二是因为那时交通不便，从姑父所在地到我的家乡，尚未通直达的火车，需要在株洲火车站中转；三是因为姑父家庭经济并不宽裕，全家大小往返一趟，需要不少费用。尽管不常见面，但通信是不断的，每年都会通上一两次信。在当时，除了见面，写信是交流信息、沟通情感的唯一方式。之前，信大多由父亲来写，等我上到小学高年级时，父亲便要我执笔写信了。

信是以"我"个人的口吻写的，理所当然要谈我的学习、生活情况。当我取得了好的成绩，我写信的积极性往往大增。我会毫不客气地在信中写上我的成绩，希望能获得姑父的夸奖。但光介绍我的情况远远不够，还要写姐弟们的学习、生活情况。写完了这些，再写上父母亲的近况以及家庭中发生的大事。按照父亲的叮嘱，我往往是"报喜不报忧"。不好的事情，尽量不在信中出现，既然它们已成事实，无可改变，又何必写出来，让远在千里之外的姑父姑母担扰与挂念呢？此外，还要写大家庭的情况，伯父与叔父家里发生的重大事情，不能遗漏。爷爷在世的时候，爷爷的身体健康状况更是书信的重点，需要详细说明。最后，问候姑父姑母，他们的身体、工作、生活如何，问候表姐表妹，她们的学习与生活怎样。可以说，我是以大家庭"代言人"的角色，来写这一封家书的，力求全面、准确，有真情实感。

当我把信寄出去之后，我就扳着指头在数、在算、在想，这是第几天了，信到哪里了呢？姑父收到信了吗？他何时给我写回信呢？

当我收到姑父的回信，简直欣喜若狂。那寄给远方的信，载着家的爱与温暖的信，带着我的手温与牵挂的信，跨越迢递关山，终于"飞"到了收信人的手上。我们想念姑父一家，姑父一家又何尝不想念我们呢？满载着思念的回信，沿着去信时走的路，走得风风火火，走得气喘吁吁，生怕我们等得太久。我迫不及待地去拆信封，因为过于激动，以至于拆信的手禁不住发抖。我去信中写到的事情，姑父在回信中一一给予回应与"点评"。接着，他在信中介绍他全家的近况。最后，他表达他对亲人的挂念、问候与祝愿。因为我是收信人，我是回信的第一个读者。但这信我不能私藏，必须在家人中传阅。由于母亲不识字，回信的内容则由我念给她听。

写信的周期，刚开始时是半年一次，后来则改为一年一次。那时候，邮差很负责任，信很少有寄丢的。姑父收到信，不管工作有多忙，每信必回。一开始，我往往要在父亲的催促下，才能完成写信的任务。到了后来，写信便成了我自觉的行动，成了我必做的"功课"。每半年或每年通一次信，基本上满足了家庭之间互通信息、寄托情感的需要。通过写信，我对写作的兴趣越来越浓厚，并且学到了一些写作的技巧，比如怎样谋篇布局，怎样做到主次分明、详略得当。通过写信，培养我的写作能力，锻炼我的文字表达功夫，这正是父亲的初衷。

姑父系工科科班出身，他的字迹难以称上漂亮，他的文笔也难以称上优美，但他的回信写得精练、干净、到位，有话则长，无话则短，没有空话、套话、废话，绝不拖泥带水，绝不画蛇添足。他的回信，对我现在的文风都产生了一定的影响。

列车在飞奔，窗外的风景一闪而过。对于我这个第一次踏足广西的旅人来说，外面的风景无疑是陌生的。但想到这是无数的家书往返的路线，眼前的风景顿时变得熟悉起来，变得亲切起来，因为这是充满爱的历程……

肩上的超市

我们现在购物极其便利，大型超市往往就开在家门口，里面商品琳琅满目，应有尽有。记得小时候，身处穷乡僻壤的父老乡亲购物可没那么方便。他们一般是隔三岔五地去镇上赶一次集，采购生活所需。当生活中出现临时需要的东西时，他们就眼巴巴地盼着货担郎的身影。

货担郎挑着一对大大的箩筐，里面装满了日用百货，虽每一种数量不多，但品种丰富。他肩上挑的，简直就是一家小型超市、一家流动的超市。每天，天还未亮，货担郎就挑着货担上路了。他跋山涉水，走村串巷，一路吆喝，高声叫卖。有需要的乡亲，看到他的身影出现，连忙喊住他。货担郎放下担子，趁机休息一下。待对方买到了需要的商品之后，他又挑着担子上路了。为了尽可能多做一点生意，他披月戴月才回到家里。

他所售卖的，小商品居多。某位奶奶需要一只针，缝补破烂的生活；某位阿姨需要一盒火柴，制造袅袅炊烟；某位哭闹的孩童需要一颗糖，堵塞决堤的眼泪……这种种需要，货担郎一一给予满足。

他似乎会变身：一个人走在路上，他是一位大力士，重重的货担压在他的肩上，他仍能健步如飞，假使他箩筐里装两座大山，估计他也挑得动；在荒郊野岭碰到打劫的小混混，他重重地放下货担，瞪着圆眼，抡着扁担，大喝一声，将小混混吓得屁滚尿流，那时的他仿佛成了一名勇士；而在村妇面前，他又成了一名精明的商贩，快速计算一件正在出售商品的利润；在孩子的眼里，他又仿佛成了快乐的天使——孩子们围着货担不停地转，像看西湖景似的，期冀从父母那里要来几毛钱，买点零食解解馋……

一路上，他渴了，就捧几口山泉水喝；饿了，就吸几口轻风；出汗了，就扯一片白云擦擦脸；寂寞了，就哼唱一段家乡小调……

我不知道他的具体地址，只知道他住在高山之巅、白云深处。当他的身影远远地从云端上移下来时，我疑心他是上天委派的使者，去满足乡亲们的临时之需，以解生活的燃眉之急。而在他肩上晃荡的货担，则像是从太空归来的一对飞船……

我想，如果他的货担里装着几缕星光、几丝云彩、几片月色，那他肩上挑着的一定是世界上最独特的"超市"了。如果有这几样东西，我一定会选购，向他询问价格。他也许会给我一个大大的惊喜，带着憨厚的笑容说："不—要—钱！"

渐行渐远的身影

"卖砂罐子喽——，卖砂罐子喽——"挑着一担砂罐子的货担郎，小心翼翼地将担子摆放在平地上，歇一口气，擦一把汗，然后向着炊烟袅袅、鸡飞狗跳的院落抛出几嗓子。他的嗓音响亮、悠长，富于穿透力，在空中打几个漂亮的翻滚之后，迅速向院落中人群的耳朵奔去……

正在喂鸡的大婶，拾了这声音，再循声往大路上瞅去。看到了卖砂罐人的身影，她连忙做出回应："买砂罐子喽——"她的嗓音清脆、高亢，在空中扭摆了一阵之后，准确地飞入卖砂罐人的耳里。大婶家的砂罐子烂了，她寻思着要买一只新的。等了一个多月，卖砂罐的人总算来了。

卖砂罐的人在路边坐下来，扁担作为他临时的坐凳。他从大山深处走来，走了很远的路，也许有点累了。此行他的第一单生意，将在大路边达成……

那时候，乡亲们满足生活所需除了赶场之外，就是等待货担郎送货上门。于是，村路上，活跃着货担郎的身影。货担里挑的，有针和线，有油和盐，有香烟和打火机……五花八门，鸡零狗碎，烟火味十足。砂罐子属于一种特色产品，货担郎只卖砂罐子，称得上是专业化经营。

砂罐子其貌不扬，长得灰头土脸，外表粗糙，内壁布满小孔，看上去像是蜂巢，尤其是在经过一番烟熏火燎之后，浑身黑不溜秋，颜值弱爆，但它在梅山人的日常生活中却扮演了不可替换的角色。用砂罐子煮的饭喷香可口，用砂罐子煲的汤香味袭人，用砂罐子炖的鸡不上火，坐月子的产妇都可以放心吃，用砂罐子炒的瓜子花生香味更足更浓，用砂罐子煲的中药能保持药性……在梅山地区，流传着这样一种习俗：新婚之后，新娘第一次给新郎做饭菜，砂罐子炆猪房心是必不可少的一道菜。煮这一道菜，除了向婆家与夫家展示新娘的温柔、贤惠与厨艺，还隐含有深刻的寓意。意思是说，从此以后，新娘的心完全归属于新郎，新娘也希望能牢牢地拴住新郎的心。这个时候，如果说新娘子会表演魔法，我一定会选择相信。你们看啊，她在厨房里一番炮制，新郎的心就被牢牢地拴住了，这不是魔法难道还是其他？其中，砂罐子是必不可少的道具。新化有首山歌叫《小小画眉小小莺》，新化姑娘深情款款地唱道："炉锅煮起白米饭，砂罐炆起猪房心。瓦罐子煎起蜂糖酒，厨房里办起十样荤……"飘荡的山歌里都不乏砂罐子的身影。

因为卖砂罐人的货担较重，他没有进村入户，而是在院落集中的地方，将担子摆放在大路中央，朝院落使劲吆喝。因为长年累月地吆喝，练就了他一副好嗓门；一亮嗓门，就有歌唱家的气势。又因为他用嗓过度，声带受到伤害，他的嗓音略带沙哑。因此，乡亲们将声音沙哑者一律称为"卖砂罐子的"。

为了卖出砂罐子，他跋山涉水，风餐露宿，负重前行，一路吆喝。卖的过程充满苦和累，更不要说从陶土到烘焙漫长而艰辛的制作过程了。由于全是手工作业，周期长，产量低，因而利润很薄，年轻人望而却步，该手艺后继无人，濒临失传。

卖砂罐的人渐行渐远，消失在大路尽头。而今，大多数农家里，都难以觅到砂罐子，我老家也不例外。记忆中舌尖上熟悉的味道，去哪里寻找呢？不过，我想，最惆怅的不是我，或许是漂亮的梅山新娘。缺了砂罐子这件"道具"，她们的魔法如何表演？不知道她们以后的日子里，怎么拴住情郎的心？

角斗

　　小时候，我是个顽皮的孩子，常常和伙伴们把牛儿赶到空阔的草地上，任它们互相角斗。那四角相抵、八蹄翻飞的争斗场景，令我们热血沸腾。要是大人们看见了，他们一定会过来将斗架的牛分开，并对放牛的孩子训斥几句。大人们觉得，无论是谁家的牛，斗伤了都不好，牛可是农家的"宝贝"。孩子们却不管这些，只觉得牛斗架好玩、惊险、刺激。因此，等大人们走远了，或是把牛赶至大人看不到的地方，我们又将牛牵到一块，挑唆它们继续斗架。

　　我家的牛儿长得膘肥体壮，却老吃败仗。它生性怯懦，角斗还没有进行几个回合，尚不能定胜负，它就无心恋战，长对方志气，灭自己威风，退下阵来，落荒而逃。每当伙伴们为自家的牛斗赢了而欢呼胜利时，我心里就有点不好受，在伙伴面前也抬不起头来，仿佛输了的不是我家的牛儿，而是我自己。有时候，为了发泄对它的不满，我狠狠地抽它两鞭子，带着恨铁不成钢的心情，抽得它莫名其妙。

　　一天，我无意中听李叔说吃过蜂巢的牛烈性、好斗，心里暗暗高兴。我可找到了让牛转败为胜的法宝。可是想到去弄蜂巢，我就隐隐觉得脸上火辣辣地疼，好像真给毒蜂蜇了一口似的。老实说，我的胆子很小，做事情总是畏手畏脚，前怕狼，后怕虎。我没有勇气去摘取蜂巢，又不甘心自家的牛儿老吃败仗。我心里头常常有两个"我"在斗争——一个说："你不怕蜂蜇吗？"另一个说："你愿意看到自家的牛儿总被斗败吗？"思来想去，犹豫不决。最后，我拿出一枚硬币，跟自己约定：硬币落地后若正面在上，就是掉一层皮也要去弄蜂巢。一看，正面在上！我只好豁出去了。

在山上寻着一窝蜂后，我就开始做准备工作了。首先，我将裸露在外的皮肤涂上一层厚厚的泥巴，即使被蜂蜇了，也不会蜇到肉。为了做好防护措施，我完全牺牲了个人形象，看上去一定像个丑八怪。然后，我像个冲锋陷阵的英雄，狂舞着手中的枝条，驱赶蜂儿。蜂儿也许是被我突如其来的举动吓懵了，如敌大临，四处逃命。啊哈！蜂巢已摘到手了，我连一根皮毛都没伤着。

我兴冲冲地拿着蜂巢，喂给自家的牛儿吃。可是它对我冒着生命危险弄来的礼物一点也不领情，用鼻子嗅了嗅，就置之不理，只顾低头吃草。我没有放弃，追着去喂。它仍旧拒绝，并且用狐疑的眼光看了我好几下，不知道我在搞什么名堂。忽地，我灵机一动，想到了一个主意。我扯来一大把青草，将蜂巢藏在中间，然后喂给牛吃。它开始吃我手上的青草，可是吃到一半的时候，发觉了异样，想吐出来，可是来不及了，蜂巢已被吃进肚里去了。

牛儿吃了蜂巢，果然变得勇猛多了，跟以前相比，简直判若两"牛"。它一般不去惹事，但碰上敢于挑衅的，它也不怕事，坚决顶回去。有好几回，它让我领略到了胜利者的喜悦。

自此之后，我也变得勇敢起来了。同时，我悟到了，事物不会是一成不变的，问题在于你敢不敢去改变它，善不善于去改变它。

（原载《少先队员》1995 年第 7 期）

绝响

在剧院看京剧《空城计》，我特别留意京胡手的演奏。看着他摇头晃脑的模样，听着他拉出的抑扬顿挫的京胡声，我不由自主地想起我的父亲。因为父亲生前也是一把京胡手，并且也演奏过这个曲目。渐渐地，我的眼里盈满了泪水……

前不久，我见到我的一位表叔。他说："你应该为你父亲写点什么。"他大概知道，我这些年来一直在坚持写作。我问道："写什么呢？"表叔沉吟片刻，说："你父亲年轻时拉琴的故事，你未必知道。"表叔与父亲年纪相仿，兴趣相投，两人年少时经常形影不离。他是以亲历者与见证者的角色来讲述的，因而大抵是可信的。在此，我还要多说一句，表叔记忆力惊人，五十多年前的事情仍然历历在目，仿佛就发生在昨天。历经五十年的时光淘洗，他记忆的底片依然没有褪色。表叔所讲述的，我果真闻所未闻，而父亲生前也从未跟人提起。

那时，风华正茂的父亲是一名地地道道的戏曲发烧友，参加了当地的沙江剧团。每逢剧团演出，他准会出现在现场，或是演员，或是伴奏，或是观众。有一次，剧团在演一出祁剧，父亲带着京胡在台下观看。演出进行到一半，舞台上突然响起一声尖锐而刺耳的声响，京胡演奏戛然而止，整个演出随即停了下来。原来，京胡手的琴弦断了。台上所有演员面面相觑，面对这突如其来的情况，不知道如何应对。当时，剧团就一把京胡，并且找不到新的琴弦更换。不知是谁的主意，父亲被请求上台，临时取代京胡手的位置。那时，偌大的一个县，能拉京胡的属凤毛麟角，屈指可数。父亲五岁时自学京胡，无师自通，技艺高超，在当地名列前茅。初生牛犊不怕虎的父亲，带着京胡，不慌不忙地走到台前。台下所有观众都屏住了呼吸，目不转睛地盯着父亲。剧组人员瞬间将焦点集中到父亲身上，心里像是有十五个吊桶在打水——七上八下，既为他捏一把汗，又希望"奇迹"出现，救场成功。他们用将信将疑的神情看着他，父亲自信地点了点头。演出继续进行，父亲的京胡拉得像模像样，有板有眼，没有出现明显的破绽。剧组人员心中的石头全落了地，都长长地舒了一口气。要知道，曲目对于他来说，完全是陌生的。演出结束，台上台下响起雷鸣般的掌声。特别的掌声献给特别的父亲。完全不熟悉曲目，没有任何排练，都能上台演奏，在当地大概找不出第二人。

　　"人人都是通讯社，个个都有麦克风。"第二天，父亲的名字像风一样地传遍了沙江。可巧，这一天县文工团来沙江演京剧《空城计》。文工团有位主要演员因为喉咙急性发炎，无法上台演唱，他们急得团团转。当地出了一位天才琴师的消息，也传进了县文工团。团长灵光一闪，找到了父亲，问他："你能否用京二胡拉出唱腔？"艺高人胆大，父亲微笑着点了点头。父亲轻松自如地拉响京二胡，动人的唱腔便传了出来。全场顿时掌声雷动。父亲用一把京二胡，取代了演唱者的位置。父亲的演奏得心应手，出神入化，琴音如行云流水，荡气回肠，令观众如醉如痴，三月不知肉味。县文工团因此对父亲另眼相看。演出完毕，爆米花般的掌声响起，经久不息。这一次，父亲破例得到了两份工钱。他用京二胡拉唱腔，成了当地一绝。

　　父亲的好名声像长了翅膀，迅速传遍了方圆几十公里的地方。他成了当地一颗熠熠闪烁的明星，拥有不少铁杆粉丝，也招致了一些人的"羡慕嫉妒恨"。有一次演出，一位观众要求点二胡曲目。他的要求得到了满足。他故意刁难父亲，点了一首偏僻的曲目。父亲不好意思地摇了摇头。那位观众脸上带着哂笑，而父亲仍然带着微笑。紧接着，他又点了《二泉映月》。因为台上有两人同时演奏，父亲尽管拉得不是特别熟练，但是没有让观众看到洋相。为了揪出"南郭先生"，那位观众又要求父亲独奏，并点了《空山鸟语》和《赛马》。父亲没有令这位观众失望，用他炉火纯青的技艺，将这两个曲目拉得娓娓动听。一会儿，剧场里响起了串串鸟鸣，宛转悠扬；一会儿，剧场里又响起声声马蹄，清脆悦耳………那位观众情不自禁，带头鼓起了掌。

父亲的琴声征服了当地观众的心，赢得了许多人的喜爱。即便省级剧团的专业琴师，在听了他的演奏之后，都对他刮目相看。可是父亲怀才不遇，英雄无用武之地。没有一个稍微大点的舞台，让他施展才艺。终其一生，他都没能走出乡间。他奔走在田间地头，一生潦倒，最后郁郁而终。茫茫人世，没有给予他一丝的温情。

他的骨殖，被埋在一个不为人知的荒丘地穴。算而今，他在黑暗而冰冷的地下安静地躺了十年。地底下的世界，一片死寂。天地之间，再也听不到他的绝响。天才的琴师，被彻底地湮灭了。

不知什么时候，演出已经结束，剧院里空无一人，舞台上鸦雀无声……

辣椒的回忆

湘人嗜辣，新化人尤甚。在日常生活中，新化人无餐不辣，无辣不成餐。

我记得，我家最好的菜园土，是用来种辣椒的。辣椒当季的时候，辣椒成箩筐成箩筐地往家里挑，像挑谷子一样。当季吃不完的，或是把它们晒成白辣子，或是把它们做成米粉辣子。将青辣椒放进开水中一焯，放在太阳下一晒，就变成白色的了，故名白辣子。白辣子晒得焦干，可以储存好长时间。将辣椒破膛，塞进米粉，放进坛子里铺起来，那是米粉辣子。吃的时候，将它们放在饭上一蒸，就可以了。

最后留在辣椒树上的青辣椒，慢慢地变成了红辣椒。红辣椒可用来做辣椒酱，也可晒成辣椒干，还可磨成辣椒粉。

平常，在餐桌上，辣椒绝对是主角。上个世纪80年代，分田到户，农户种田的积极性空前高涨，吃饭问题基本上得到了解决。有饭吃，农民就感到满足了。因为在这之前，不知多少人有过忍饥挨饿的经历。所以，他们对菜的要求普遍不高。那时，农村实行的是自给自足的经济，地里种什么，家里就吃什么。蔬菜当季的时候，就吃自家种的蔬菜；蔬菜不当季的时候，就吃干菜、坛子菜。辣椒之所以能在餐桌上唱主角，主要是因为它开胃送饭。农人要种田干活，餐餐要吃几碗饭，辣椒是很好的下饭菜。一碗辣椒在手，三碗白饭下肚。三碗白饭下了肚，精气神像济南的趵突泉一样喷发。

辣椒的吃法五花八门，丰富多彩，有生吃、熟吃、炒着吃、蒸着吃、油炸吃……记得有一天中午，家里除了辣椒，什么菜也没有。父亲不慌不忙，拿起几个辣椒，在火炉边煨了一阵，然后洗净，撕开，拌上盐，一家人吃得津津有味。

"苦瓜苦，要盐擂；辣子辣，要盐拌。"这则俗语说的是苦瓜与辣子很吃盐。因而，辣往往与咸连在一起，它们像是一对孪生兄弟。辣椒和肉一起炒的时候，往往要先给肉拌点盐，开点小灶，要不然，等它们一起炒的时候再放盐，辣椒像个霸道的强盗，将盐全抢走了，辣椒变得苦咸，而抢不到盐的肉则淡味。

我念高中时，在学校寄宿，每个星期回家一次，每次从家里带上一罐头又辣又咸的米粉辣子。这一罐头米粉辣子，是我一周的菜。一餐饭，一个米粉辣子足矣。

在平时，餐桌上难觅荤菜的身影。记得有一次，我们一家人在吃饭，只有一个菜，就是萝卜丝。萝卜丝里撒满了辣椒粉，红彤彤的。刚好来了一位串门的乡亲，他往餐桌上一望，见只有一碗萝卜丝，便揶揄道："你家的生活水准也太低了。"一向好面子的父亲半是玩笑半是认真地对那位乡亲说："一大碗牛肉刚刚吃完，收了碗，所以你没有看到。"家里经济条件好的，隔三岔五赶一次集，从集市上砍些肉来，改善一下伙食。家里经济条件差的，半年之内都没赶一次集，"三月不知肉味"一点也没有夸张。那时，家家户户都喂鸡，荤菜通常就指望鸡屁股了。会养鸡婆的，家里经常能吃到鸡蛋。要是发鸡瘟或是鸡婆实行"计划生育"，鸡蛋也指望不上了。另外一样荤菜就是鱼干，那是自家养的稻花鱼晒干而成，平时很难吃得上，只有尊贵的客人来时才有机会品尝。但是母亲反复叮嘱我们，那是招待客人的，因而我只敢挑里面的白辣子吃。有一次去外婆家，外婆给我做白辣子炒鱼干。没有了禁忌，我放开肚皮吃，大快朵颐。那道菜成为了我童年记忆里的美味佳肴。

过年的时候，辣椒就缺席了。它是搬不上台面的。在大鱼大肉面前，辣椒似乎有点自惭形秽，恨不得挖个地洞藏起来。或者，辣椒似乎很识趣，看到主家杀鸡宰鹅，就早早地躲了起来。农人在辛苦劳累了一年之后，才能打一次"牙祭"。辣椒，与农人共艰苦，却不与农人同享福。它辣得我们流泪，又给予我们力量。

现在的我，在远离家乡的广州生活，餐菜上偶尔也会出现一道辣菜，但它往往不是主菜，只是小菜一碟，跟在家乡时辣椒充王充霸不可同日而语。它像是旧社会地位卑微的小妾，腰杆总是直不起来，无法与明媒正娶的大老婆平分秋色。而现在市面上的很多辣椒，它们一点也不辣，徒有虚名，侮辱了"辣椒"的名字。即使买来那种很辣的朝天椒，也吃不出童年的味道。

相传明朝开国皇帝朱元璋在打天下的时候，有一次吃了败仗，连夜逃跑。他逃到一个农户家里，饥饿难耐。农妇见状，连忙把自己家仅有的冻白菜帮子和一点冻豆腐，还有捡来的土豆，一起放到锅里炖了。朱元璋实在太饿了，狼吞虎咽，将那锅热乎乎的汤喝了个精光。他觉得从来没吃过这么香的东西，便问农妇："这么好吃，煮的是什么？"农妇不好直接回答，便说："珍珠翡翠白玉汤。"后来，朱元璋登基，做了皇帝，山珍海味，应有尽有。可他吃得多了，也觉得腻了。他忽然忆起，当年落难之时喝的"热汤"，怀念它的美味。他想方设法找到了当年给他做菜的那位农妇。农妇又为朱元璋做了"珍珠翡翠白玉汤"，可是朱元璋一尝，不禁皱起了眉头。时过境迁，他再也吃不出当年的味道了。

而我，离别家乡也有三十多年了。记忆中辣椒的味道，只是保留在童年的味蕾里，已无处可寻。

"蓝墨水"

邻居家养了一群小鸡，我家也养了一群小鸡。它们年纪相仿，外形相近，很难分辨，容易混淆。母亲于是将家里的鸡崽一只只捉来，在它们头上点上蓝墨水，作为记号，以示区别，这样就一目了然了。

一开始，两家的鸡群各自为政，互不往来，各有各的活动天地，各有各的势力范围，井水不犯河水，彼此视对方为空气。

我家的"蓝墨水"或许是想改变这种局面，派出一只鸡崽，出使对方阵营。邻居家的鸡群误以为它要进犯，群起而攻之，理直气壮。为首的鸡老大毫不客气，狠狠地啄它的头。可怜的使者，被啄得吱吱直叫，鸡毛乱飞。为了避免更多的伤痛，它只好慌忙撤了回来。

不建交也就罢了，居然还欺负使者，这是对"国际法"赤裸裸地侵犯。"蓝墨水"们义愤填膺，寻思着要报复对方。

可是没过两天，"蓝墨水"们的气全消了，没有实施任何报复行动。要不然，一场惨烈的群架就不可避免了。

我家的"蓝墨水"不计前嫌，几天过后，又在谋划怎样打破外交僵局。它们集体靠近对方的鸡群，再一次派出了外交使节。这一次，要是对方鸡群不懂外交礼节，不善待使者的话，它们不会坐视不管。跟上次相比，对方鸡群的态度发生了变化。它们并没有伤害使者，而是采取了怀疑、观望的姿态。它们似乎有点不太明白，"蓝墨水"到底想要什么。这一次建交尝试，又以失败告终。

　　"蓝墨水"没有气馁，没有放弃，它们相信，封闭和对立只是暂时的，僵局终将被打破，和平与友谊的鲜花终将盛开。

　　只要见到对方的鸡群，"蓝墨水"们就轮番上阵，跟对方鸡群套近乎，一次又一次，一天又一天。对方鸡群似乎明白了，"蓝墨水"们没有敌意，它们是抱着交朋友的目的来的。于是，它们消除了戒备，敞开了对话的大门……

　　很快，双方订立了盟约，外交关系建立了起来。它们开始了正常的交往。有时，是"蓝墨水"主动去找对方的鸡群；有时，是对方的鸡群主动来找"蓝墨水"。两家的鸡群打成了一片，一起玩耍，一起游戏，一起觅食，亲密无间，亲热无比，不分彼此……

　　当然，我还是能够很快找到我家的鸡崽，因为它们头上顶着醒目的蓝墨水。

　　晚上清点"蓝墨水"的时候，有时发现少了一只。不过，这也不要紧。它准是混入了对方的鸡群，在那里过夜了。果然，第二天一早，它就归队了，跟"蓝墨水"们讲述自己的见闻。它的身上没有任何伤，不用担心对方鸡群会伤害它。有时，发现"蓝墨水"当中有一只邻居家的小鸡。"蓝墨水"友好地留它过夜，并将可口的食物让给它吃……

　　我为它们的和睦关系感到高兴，为我家的"蓝墨水"感到高兴！

蚂蚁的遭遇

我端着饭碗在地坪上吃饭，不小心撒了一粒饭在地上。一只蚂蚁发现了饭粒，兴奋得手舞足蹈。尔后，它急急忙忙、跌跌撞撞地跑回去通风报信。它一会儿往东，一会儿往西，一会儿往南，一会儿往北，幸福得晕头转向。

在路上，它遇到了同类，迫不及待地同对方交头接耳，将这个比天还要大的喜讯告诉给它。

待我吃完饭，再来到地坪上时，只见地上活跃着一支运粮大军。它们大概接收到了"情报"，兴高采烈地赶来支援。我干脆蹲下身子，饶有兴趣地观看蚂蚁运粮。

面对着如山的粮食，没有一只蚂蚁偷懒，全部使出了吃奶的力气。它们成群结队，齐心协力，喊着号子，热火朝天，推着饭粒缓缓地前进。

每一步，它们都走得很艰难，走得很费劲，尽管它们的脚步是多么的细小，多么的微不足道，但它们走得很坚定。它们相信，每向前移一步，离家就近了一步。只要坚持不懈，就能把粮食运回家。

好不容易，它们将饭粒推到了家门前。出于一种恶作剧的心理，我又将饭粒挪至远处。蚂蚁们莫名其妙，而隐藏在内心深处的阴冷的"我"却哈哈大笑。

费了九牛二虎之力搬回来的粮食不翼而飞，前功尽弃，它们好不扫兴。它们正准备美滋滋地享受一顿呀！不过，没过多久，就有蚂蚁回来报信，告知粮食所处的位置。运粮大军重新集结，向着新的地点进发。

发现了目标，它们又像刚才那样，团结一致，前拥后挤，推着饭粒摇摇晃晃地前进。此时，地坪上太阳当空，在一旁观看的我，头皮上都沁出了一层汗。它们奋不顾身、汗流浃背地运粮，没有哪一只蚂蚁想到退缩，没有哪一只蚂蚁想到放弃。

它们再一次将饭粒搬运到了家门口，我又一次恶作剧地将饭粒挪至远处。它们没有抱怨，重整队伍之后，又开始了新的征程。

如此反复几次，我自己都厌倦了这种"游戏"。不管遭遇到了什么，地坪上始终活跃着一支运粮大军，不知疲倦地推着饭粒前行，锲而不舍，永不放弃。

不知不觉，我被眼前这群小生灵感动了，并且良心发现，对自己的行为感到羞愧。为了减轻心里的内疚，为了弥补犯下的"过错"，我捡起饭粒，飞奔几步，轻轻地将它放在它们的家门前。

饭粒上，粘了好几只蚂蚁。在蚂蚁的眼里，我就是巨人了。对于蚂蚁来说，我飞奔的速度无异于飞机的速度。它们不仅目睹了巨人，而且体验到了风一般的速度。这一天真是不可思议，估计没有一只蚂蚁能说清楚。

令它们安心的是，粮食稳稳地堆在家门前，没有飞走的迹象。谢天谢地，快要累趴的它们终于可以饱餐一顿了！

魔法盒子

在过去的乡村，家家户户都挖有地窖，有的挖在室外，更多的挖在室内。地窖四四方方的，像个盒子一样，里面储藏着红薯种、土豆种、生姜种……

有一天，母亲打开了地窖，想让里面透透气、通通风，没有盖好地窖上方的木板。我朝里面瞅了一眼，黑咕隆咚的，好像巨兽张开的大嘴。我像往常一样走来走去，没有注意脚下，结果一脚踏空了，一头栽进地窖里，摔得鼻青脸肿。

还有一次捉迷藏，我突发奇想地藏入了地窖内。那里其实是一个危险的藏身地，由于地窖长期密闭，窖内原先存在的氧气会与里面的植物产生反应生成废气，容易因缺氧而晕厥。伙伴们咚咚咚地从我头顶上经过，又咚咚咚地跑去别的地方。他们压根就没有想到我藏在地下，找了好久，都没有发现我。我藏身在地窖的那一段时间里，真切地感受到地下的阴冷、潮湿、昏暗。我不想在那里继续待下去了，便迫不及待地爬了出来。伙伴们见到我的身影，却吓得屁滚尿流，他们以为从地窖里爬出来一个鬼。

地窖里，藏得最多的就是红薯种了。那时，农户没有不喂猪的，而喂猪需要大面积地种红薯。种红薯，当然离不开红薯种了。红薯种看上去像是沉沉地睡着了，但体内仍保持着旺盛的生命力。当春潮涌动的时候，它们身上会发出崭新的嫩芽……

　　我从地窖里爬出来，伙伴们惊恐的神情让我感到诧异。我怀疑自己，身上是不是像红薯种一样抽出来嫩芽？下意识地摸摸额头，检查身子，却没有发现任何异常。

　　村子里的老人去世后，被送入山上的墓穴里。墓穴四四方方的，看上去像是一个地窖，不同的是，地窖内藏的是植物，而墓穴内藏的却是人。有个小女孩天真地问："老爷爷被埋到地下后，会不会长出一个新爷爷来呢？"

　　阴冷、潮湿、昏暗的地窖，或许就是一个魔法盒子，它妥善保管着能让植物生命延续的母体，守护着生命的秘密。走完生命历程的老人如果躺到里面去，它则能让他们升入云蒸霞蔚的天堂。

鸟语花香

　　小时候过年，家家户户都打糍粑。糍粑，既可作为春节期间的风味小吃，又可作为馈赠亲友的礼品。

　　糍粑的原料相同，都是糯米粉。在自给自足的乡村，糯米也是自家生产的。因为糯米品种的不同，打糍粑手艺的高低，糍粑的口感会稍有不同。各家各户的糍粑印不同，做出来的糍粑图案各不相同。东家的糍粑印上了花，寓意花开富贵；西家的糍粑印上了鱼，寓意年年有余……糍粑上的图案好比商标，用以识别不同家庭制作的糍粑。

　　对于农家来说，春节期间最为清闲，正是走亲访友的好时节。正月首次出行或是拜访重要客人，还要择定吉日良辰。走亲戚之前，早早地将礼品准备妥当，一般是腊肉一块，糍粑十五个。那时，交通不便，住得较远的亲戚也不是经常见面。因此，热情的亲戚还会留宿客人，短则一至两天，长则一到两周。告别时，亲戚会郑重其事地回礼。你带去一块三斤的腊肉，他回你一块三斤半的腊肉；你带去十五个糍粑，他回你二十个糍粑。抠门的亲戚不算的话，走亲戚是一种"包赚不赔"的"生意"，白吃白喝还未提哩。亲情正是在这种往来之间越来越近、越来越浓。亲戚之间倘若不走动、不往来，再亲的亲人都会慢慢疏远。在这个过程中，粉头粉脸、其貌不扬的糍粑扮演了不可或缺的角色，被赋予了重要的使命，成为了表情达意的媒介。

　　有一年，我家制作了不少印有梅花的糍粑，除了少部分自家品尝之外，其余的都用来走亲戚。兄弟姐妹分头行动，有的去舅舅家，有的去姨娘家，有的去姑姑家……春节期间将主要的亲戚走个遍。元宵节前，各路走亲戚的都回来了。清点礼品，各种图案的糍粑堆成了山。我一边计算糍粑的数量，一边欣赏糍粑上的图案。有的印上了清雅的兰花，有的印上了高雅的荷花，有的印上了展翅的吉祥鸟……我家的"梅花牌"糍粑换回来"兰花牌"糍粑、"荷花牌"糍粑、"吉祥鸟牌"糍粑……端详"兰花牌"糍粑，我似乎闻到了兰花的幽香；端详"荷花牌"糍粑，我似乎闻到了荷花的清香；端详"吉祥鸟牌"糍粑，我似乎听到了动听的鸟鸣……我的眼前，好一个鸟语花香的世界！

请客

　　正月里，请客那天是隆重、热闹而喜庆的日子。亲朋好友陆陆续续从四面八方赶来，齐集一堂，围炉而坐。美酒佳肴铺满一桌，主客皆开怀畅饮，欢声笑语，不绝于耳……

　　在儿时的记忆中，请客是春节的一个"常规节目"。正月才过两三天，趁着过年的喜庆，父母亲便开始筹划着"请客"了。一般来说，请客都选在正月十五日之前。越是拖到后面请，情感含量似乎越发淡了，尽管按民间的说法，没过完元宵，不算过完年。正月的请客跟平时的请客不同，显得盛大、庄重、正式，寄托了更浓、更深、更厚的情感。

　　父亲翻开老黄历，选择请客的吉日良辰。初步选定日期，父亲还得跟兄弟们商量，以免撞日。因为请客轮流来，今天老大请，明天老二请，后天老三请……如果上一年家族中有女儿出嫁，女婿就是"新客"了，非请不可，成了大家轮流邀请的"香饽饽"。请客的日期，还得依据"新客"的行程来敲定。

　　日期择定之后，父母亲便商量邀请哪些人。因为座位有限，受邀名单有时候需要删删减减，但不能落下那些对我们有恩的人，借开年之时的请客，以表达心底的谢意。

　　名单确定之后，父亲便一一上门邀请。客人尚未请至，而父亲已被热情地捧为上宾，好茶好酒相待。告别时，对方还会以礼物相赠，没有空手而返的时候。

　　请客前一天，母亲则开始张罗了。有些菜肴，需事先备好，第二天一热即可，这样可大大减轻请客当天的劳动，保证开餐时间不会延缓。准备哪些菜式，母亲心中有数。正月请客，一般不少于八个碗，有时甚至是十二个碗。桌子摆不下，那就碗重碗，碗叠碗。丰盛与火爆程度，完全可以与过年时相媲美。家里有什么山珍海味，母亲平时舍不得拿出来，只有在过年或请客的时候，才能端上餐桌。

请客当天，母亲起得很早，将家里家外打扫得干干净净，收拾得井井有条，以便迎接客人的到来。那一天，灶房里火光熊熊，热气腾腾，母亲忙得团团转。那时正值冬天，热菜一端上来，没多久就冷了，所以母亲将炒好的菜放进蒸笼里热着。只待客人来齐，这些"戴帽子"的大碗便会刷刷刷铺满一桌子。为了显示菜的分量，母亲给每个碗都加了一顶"帽子"。

客人到齐之后，父亲开始排座次。安排坐头席的，是德高望重的长者，他往往在几番谦让之后，才肯入座。如果有"新客"来，头席便归"新客"坐，因为他是最尊贵的，其他客人一概沦为"陪客"。这个时候，父亲的亲兄弟也受邀成了家里的"客人"。尽管他们经常见面，有时也吵吵架，甚至还有脸红脖子粗的时候，但打虎还是亲兄弟，打断骨头连着筋。在兄弟家正儿八经地做客，全年就这么一回，他们似乎显得斯文多了，说话的调门也都比平时低了几分。

有时候，来的客人比较多，家里的长凳都坐满了，那就需要"挂角"，在方桌的四个拐角处加上小圆凳。作为孩子的我，是没有机会坐在桌边的。盛一碗饭，请父亲偏偏身子，伸一双筷子进去，夹点菜在碗里，站在外边吃。碗里的菜吃完了，我一边扒拉着光饭，一边寻找夹菜的机会。客人起身盛饭的时候，他的座位便暂时腾空了。我快步走到他的座位跟前，匆匆夹一把菜。尽管有满桌子的菜，我却吃得比较单调，因为我只能夹到跟前的菜。有好些我喜欢吃的菜，由于手不够长，根本夹不到。好在那时是春节期间，肚子里装的油水足，所以身上的小馋虫没出来闹事。不过，这一点小小的不便很快便得到了弥补，"新客"酒醉饭饱之际，给我塞了一个大大的红包……

人情簿

在乡村，每家都有一本人情簿，都有一笔人情账。

传统社会，实际上是一个人情社会。你来我往，来来往往，一来二去，越走越近，越走越亲。反之，不来不往，或有来不往，则会越走越远，越走越疏，最后形同陌路。

每家每户，都会有红白喜事。孩子呱呱坠地，要摆庆生酒；娶媳妇嫁女，要摆喜酒；建了新房子，要摆新屋酒；老人高寿，要摆寿酒；老人走了，也要摆酒席……凡是摆酒席的，意味着一种生命的仪式，亲朋好友、左邻右舍、乡里乡亲都会送礼。过去，送礼主要送实物。比如，赴喜宴时，或背一斗糯米，或抬一缸米酒。现在，送礼主要是送现金。至于礼金的多少，则根据个人的经济能力与状况，根据关系的亲疏远近来定。当然，乡村社会有约定俗成的"最低标准"，大家都会遵照执行，送礼者的礼金一般不会低于"最低标准"，否则，就拿不出手。

送礼者的名字、礼品和礼金、数量及金额、何年何月何日，清清楚楚、工工整整地登记在人情簿上。好记性不如烂笔头，记在纸上才牢靠。自家办红白喜事，人家来礼了。别人办红白喜事，也要去礼，谓之"还礼"。还礼时，翻翻人情簿，看看对方送了多少礼。如果去礼跟对方来礼一样多，谓之"平礼"。一般而言，去礼不会低于来礼，往往会添些银两，因为人家有礼在先。来而不往非礼也。只进不出者，谓之不懂礼节，背后难免会有人指指戳戳，他在熟人社会里颜面尽失，抬不起头来。

　　子女多的人家，办的好事也多，因为每一个儿子都要成家，每一个女儿都要出嫁，收礼自然也多。子女少的人家，办的好事相对也少，收礼也就少了。于是，有人心里不平衡了，认为送礼的次数多，得到回礼的次数少，有点吃亏的感觉。琢磨来，琢磨去，他决定靠多摆几次寿酒来弥补。当然，也有低调的，从来不摆寿酒，宁愿人家欠我，也不愿我欠人家。毕竟，施比受有福。

　　乡村社会里也有互结梁子的，平时断绝来往，一家办红白喜事，另一家也不去礼。如此一来，他们的梁子越结越深，老死不相往来，世世代代成为仇人。也有平时闹矛盾、不怎么来往的人，碰到对方办红白喜事，利用这个契机，送一份礼去，矛盾于是得到化解，前嫌尽弃，关系因此得以修补。

　　一个村庄，少说有几十户人家，多的则有上百户人家，生老病死，人情往来，的确是一笔不小的开支与负担。乡亲们经济来源有限，为人情所苦，为人情所累者，比比皆是。

　　但是人情簿不会失传，即使它发黄了，翻卷了。它是一条纽带，维系着乡村的人际交往与情感交流；它又是一份载体，记录着乡村的和谐与人情的美好。老子走了，人情簿传给儿子；儿子走了，人情簿传给孙子。它像传家宝一样，一代接一代地往下传。乡村的人情绵绵不绝，流淌成一条河，越流越长，越流越远……

　　（原载《南方日报》2018 年 4 月 6 日，海南《法制时报》2018 年 5 月 4 日转载）

如山的父爱

地里的麦子熟了。下午时分，我和父亲去山上收麦子。

来到麦地，首先将麦子割倒，然后，将它们集中起来，准备挑回家。因为麦子是旱作物，一般种在离家较远的山地上。如果一次挑不完的话，就要多次往返。由于路途较远，那是很耗费时间的事。因此，一次挑完那是最好的了。

父亲首先给我捆了一小担。我在肩膀上试了试，觉得能挑起来。剩下的麦子在地上堆成了山，我为父亲捏一把汗，他能挑那么多吗？父亲不慌不忙地将麦子分成均等的两份，一边一条长绳，将麦子捆起来。捆的时候，父亲手脚并用，使出了最大的力气，用绳子将麦子勒得紧紧的。如果没有捆紧的话，麦子容易"散架"。父亲的担子好大。他在肩上试的时候，我在心里替他加油。他颤巍巍地站了起来，扁担都弯成了月牙。

我们挑着各自的担子，踏上了回家的路。一开始，我走在前面，走得飞快，将父亲甩在了后头。

走着走着，我体力不支了，觉得肩上的担子越来越重，脚步也越来越凝滞。毕竟，我那时还小，大概八九岁。我觉得扁担就像一条疯狗，狠狠地咬住了我的肩膀，痛得我龇牙咧嘴。我频繁地换肩，刚把担子从左肩换到右肩，又把担子从右肩换到左肩……肩上扁担所压之处，火烧火燎地疼。最后，我实在挑不动了，迫不及待地甩掉担子，站在路边大口大口地喘着粗气。

父亲追了上来，问我："还能挑吗?"

"能!"我脱口而出。

得到我肯定的答复之后，父亲便走到我前头去了。

一说完，我心里就后悔了。这个时候还逞什么能? 我的体力消耗殆尽，怎么可能挑着担子走完剩下的路程?

父亲不紧不慢地走着，离我越来越远。我咬紧牙，重新挑起担子上路。可是踉踉跄跄地没走多远，肩上的担子又被重重地甩在地上。

此时，太阳已经偏西，倦鸟归林，而离家的路还远着哩。我心里急得不行。

很快，我就看到父亲向我走来。见我没有跟上，他回头来找我。看到我红肿的肩膀，父亲全明白了，二话没说，挑起我的担子就走。

挑到父亲担子停放的地方，父亲将我的担子放了下来。接着，他将麦捆解开，又加上我挑的那部分，重新捆紧。他挑的麦捆已经够大了，又增加一小担，简直成了"巨无霸"，以至于捆麦子的绳子都不够长，需要加上一截。

父亲挑着巨大的麦捆，缓缓地朝前走去。一路上，他的扁担像只痛苦的老鼠，吱吱吱地叫个不停。它似乎难以承受所挑的重量，随时有发生断裂的可能。夕阳将父亲的身影拉得很长很长，将他的担子放得很大很大……我觉得他简直是挑着两座大山。

我默默地跟在后头，心里有点难受，恨自己稚嫩的肩膀没能减轻父亲的负担。

父亲虽然身材较高，但毕竟是一介文弱书生，然而他毅然决然，以自己瘦弱的肩膀，承担着一个家庭的全部重量。

太阳没入了西山，暮云四合。父亲的步子越来越小，越来越慢，但他并没有停止，一点一点、执着而坚定地朝家的方向移动……

不知不觉，我的眼睛模糊了。朦胧之中，我看到群山缓缓地移动起来，那是父亲挑着它们在走。

在我的心中，父亲就像一座大山，崇高，伟岸，凝重。

夜幕降临，天色昏暗，父亲的身影与他挑着的担子融合在一起……

及至我长大，肩膀变结实了，能够承担更大的风雨与重量，我想稳稳地从父亲肩上接过担子，好好地走一程，可是父亲却不在人世了。"子欲养而亲不在"，那是人世间怎样的一种痛啊！

现在，父亲长眠在青山之巅。他的血肉之躯，已经化成了山脉。

父亲啊，您无论站着还是躺下，在我心中，都是一座伟岸的高山。

水稻情深

南方人的主食是米饭。在我的记忆中，家乡人一日三餐吃的都是米饭。虽然乡亲们也种植小麦，也磨面粉，但是面条、包子、馒头等等充其量只是生活中的小调剂、小点缀。它们既上不了席面，又当不了主食。没有饭，怎么能叫吃饭呢？这个道理简单至极。

我曾在北京待过一段时间。在那里，一个星期只能吃上一顿饭。我每周都扳着指头数啊算啊，眼巴巴地盼着有饭吃的那一天。吃上香喷喷的米饭，觉得过了一次年。

现在的我，行了不少路，吃了不少地方的美食，但觉得最好吃的，莫过于米饭。那可是餐餐吃不厌啊！在我家乡，如果一个人吃厌了饭，他大概离死期不远了。一个人健康与否，力气大小，往往是以一餐能吃多少碗米饭来衡量的。在酒店吃自助餐，吃再多的菜，我觉得肚子里仍然是空的，吃了跟没吃一样。只要两碗饭下肚，不要山珍海味，不要美酒佳肴，肚子就感到满足了。是米饭在滋养着我的生命！走遍天南地北，尝尽人间美食，最懂我的，还是朴素的米饭。

煮米饭的白花花的大米来自于稻田里，而不是工厂的流水线上。南方的水田里，种满了水稻。之前，乡亲们都种双季稻。现在，随着年轻劳动力外出打工，只种一季稻了。我在家乡的日子里，目睹了水稻种植的全过程。

首先，是浸谷种。浸谷种时，农人小心翼翼，丝毫不敢马虎，怀着极为恭敬与敬畏的心理，生怕冒犯了谷神。有的还对着谷种念念有词，祈祷种子发芽。想想看，如果谷种不发芽，那一季的收成就完全泡汤了，农人恐怕得饿肚子了。

谷种发芽后，将它们均匀地撒在秧田里。秧田耕耘得非常平整、相当精细。育秧时综合考虑了光照、水温、肥力等诸多因素。育秧时节，正是春寒料峭的时候。农人从山野里采集一种叫"青蓝"的苔藓植物，将它们研得细细的、碎碎的，撒在秧田里。那是给秧苗穿的一件御寒的衣服。衣服厚薄要恰到好处，太单薄了，秧苗会冻伤；太厚实了，秧苗会捂坏。我小时候，帮家里采过"青蓝"。那个时节，大地还没有完全从严寒中苏醒过来，我在山野里蹦蹦跳跳地寻找绿色的苔藓，寻找动人的春意……

秧苗长好之后，从秧田里扯了秧，撒在已经耕耘好的水田里，开始莳田。小时候，我也帮家里莳过田。站在水田里，弯下腰，左手自动分秧，右手则像鸡啄米似地插秧。插秧时节，水田里到处进行热火朝天的插秧比赛，看谁插得快、插得好。因为长时间弯腰莳田，农人往往累得腰酸背痛，但它们都努力坚持，直到莳完田为止。稻秧一行行整齐地插在水田里，那是一首首绿色的诗啊！它们弱不禁风，看上去很单薄、很稚嫩，但它们寄托着农家丰收的希望。

接下来，就是进行田间管理了，除草啊、施肥啊、除虫啊，等等。

在农人的精心照顾下，秧苗越长越高，越长越壮。悄悄地，稻株腆起了大肚子，孕育着丰收的梦。我很好奇地凑近它们，想听一听，它们的大肚子里是否有动人的心跳。

再接下来，水稻进入了抽穗扬花期。稻花密密麻麻，纷纷扬扬，嘤嘤嗡嗡，像是一群小蜜蜂。在百花的芳名册上，不可能有稻花的名字。但我要说，它是世间最美丽的花朵。为了农人的微笑，为了大地的丰收，它们如火如荼地盛开，又无声无息地坠落。

在阳光的照耀下，稻谷一天天壮实饱满起来，稻穗不由自主地低下了沉重的头颅。看到水田里沉甸甸、黄澄澄的稻穗，我忍不住弯下身子，向它们鞠躬致敬。

当初一行行绿色的诗苗，长成了壮丽的诗篇，长成了金黄色的油画。田野上，稻浪翻滚，稻香阵阵，丰收在望，蛙声一片……

最后，就是收割了。先把稻株割倒，再用打谷机将稻谷滚落。踩打谷机是一项重体力活，尤其是收割早稻，因为在水田里进行，有水的阻力，踩起来更是费力。一开始，小孩子使劲将打谷机踩得轰轰作响，觉得好玩，但很快，他们就觉得体力不支。小孩子的主要工作，便是递禾了。

把打谷机从一丘田搬到另一丘田，那是颇费体力的活儿，绝对是成年人才能干的事。我长到能扛得起打谷机的年纪，便离开了家乡。

稻谷收割后，遗弃在田里的稻草也要收回去。它们是耕牛越冬时的口粮。耕牛辛辛苦苦、任劳任怨地耕地，为农业做了很大的贡献，农人自然会善待它们。

种双季稻的时候，收割完早稻，就要马不停蹄、紧锣密鼓地插晚稻秧了。抢收早稻，抢种晚稻，谓之"双抢"。各种活计堆在一起，不容人有松懈的机会；繁重的体力劳动，人累得快散了架。当时，正是酷暑，烈日当空，水田滚烫。但是，为了多打粮，为了不饿肚子，农人们不顾酷暑，全力以赴，干劲十足。一天干完活，汗渍在衣服上画满了"中国地图"，农人累得连话都不想说了。可是，第二天，他们照样精神抖擞，精力充沛。那是一场紧张、艰苦的"突击战"，家中所有劳动力都被动员起来，男女老幼齐上阵，一鼓作气，再接再厉，直至完成"双抢"任务。那时，学校正好放暑假。为了减轻家庭的负担，我全力投入到这场战役中。参与"双抢"，培养了我顽强的意志与坚韧的毅力。现在，由于乡亲们只种一季稻，劳动任务大方地打了一个"五折"，农业生产变得悠闲起来。紧张、忙碌的"双抢大战"，也从大地上绝迹了。

晚稻插下去之后，因为临近秋季，雨水少了，抗旱工作是当务之急。水稻，顾名思义，离不开水。农人有时半夜起来，去稻田里察看水情。为了抗旱，他们可是八仙过海，各显神通。有用抽水机抽水的，有用古老的水车灌溉的，有自制水管引水的，还有的一担一担地从河边往稻田里挑水……水稻如果缺水，就会减产甚至绝收。

收割晚稻的时候，就用不着那么赶了。这时，稻田里的水都沥干了，打谷机踩起来也没有那么沉重了。干累了，可以歇一歇，顺着泥鳅钻的小孔抓几条泥鳅，改善一下伙食。在挑稻谷回家的路上，顺便采几朵野花，让它们在肩头摇曳……

稻谷放到晒谷坪上暴晒。黄昏时分筛一筛，将草屑去掉。晒了几天，稻谷干透了。母亲抓一粒稻谷，放在嘴里咬。"崩"的一声，米粒断成两截，米的清香弥漫开来。这就说明，稻谷晒干了。将它们放入风车里，吹掉秕谷和灰尘，就可以进粮仓了。

农家会将最饱满壮实的稻谷单独留出来，作为谷种，小心地保管着，防潮、防霉、防虫、防耗子。这在地球上存续了一万多年的谷种，在农人的眼里，简直比金子还要珍贵啊！来年春天，大地上水稻又会生机勃勃，欣欣向荣。

我想，只要田地不荒芜，河水不干涸，水稻的生命就会长盛不衰，农人就永远不会丧失丰收的希望。再多的苦，再大的累，他们都愿意承受，并且甘之如饴。只要粮仓是满的，肚子就不会挨饿，日子就不会发慌，生活就有盼头，脸上的笑容就如同永不沉落的太阳，身上的骨头就会注入铁的元素，一生都叮当作响……

蓑衣的话

忽然变天了，风狂雨骤，天地笼罩在一片白茫茫的雨雾之中。

飞鸟早已归林，瑟缩着躲在鸟巢里，生怕雨水淋湿了它们的翅膀。而此时，母亲不慌不忙地从墙上取下蓑衣，披在身上，从容地走进了雨中……她的身影渐渐变小，变小，很快就完全消失在雨雾里。我有点担心母亲，心弦绷得紧紧的，可那时由于年幼，不能分担母亲的劳动。

她要去踩低稻田的缺口，让田里的水流出来。雨下得急，下得猛，稻田里的水渐渐满了起来，倘若不踩低缺口，稻田里的水就会溢出来，田里养的鱼也会跟着跑出来。严重的话，还会造成田埂溃塌。

稻田分布在四面八方。母亲跋山涉水，一会儿往东，一会儿往南，一会儿往西，一会儿往北……

过了好久，母亲才从雨雾中钻出来，回到家中。她脱下蓑衣，抖一抖它身上的雨滴，仍旧将它挂在墙上。看到母亲轻松的神色，我的心松弛下来。她仿佛不是从风雨中归来，而只是在风和日丽的庭院里散了一回步。

母亲在暴风雨中行走，蓑衣始终与她相随，紧紧地偎依着她，并以大无畏的精神，替她抵挡肆虐的风雨。

小时候，我常常盯着蓑衣出神地看。平时，它躲在角落里，默默无言，人们似乎忽略了它的存在。但是，当风雨来临的时候，它毫不犹豫地站出来，到处是它活跃的身影。我觉得它像是一名勇敢的英雄，赢得了我无数赞美与钦佩的目光。对视久了，我和它仿佛成了朋友。它用低低的声音跟我说："生活中总会有风雨，不要怕！"

因为使用太久的缘故，我家的蓑衣慢慢地破损了。它无法抵挡风雨的侵袭，在岁月的磨蚀下悄悄腐烂，但它说过的话，仿佛一句至理名言，并没有因为岁月久远而黯淡，反而在生活中越来越鲜亮。

每当我遇到人生的暴风雨，想到畏惧的时候，想到退缩的时候，我的眼前就浮现出了蓑衣的身影，耳边萦绕着蓑衣对我说过的话："生活中总会有风雨，不要怕！"

（原载《延河》2017 年第 6 期，《散文》（海外版）2017 年第 9 期转载）

讨米的婆婆

"打发点啰——"讨米的婆婆站在门口，对着主人说。她的声调平和，没有低三下四，好像讨米正大光明，并不是什么见不得人的事。

主人忙从米缸里舀一杯米，倒进她的袋子里。那时候，讨米的是货真价实、如假包换的乞者，主人一般不会怀疑她是身藏黄金的百万富翁。

讨到了米的婆婆，继续向另一户人家走去。

也有小气的人家，对着讨米的婆婆翻白眼，装着忙东忙西的样子，迟迟没有表示。讨米的婆婆颇有耐心地站在那里，隔一段时间嘴上说一句"打发点啰——"对方明白，不打发点东西，她是不会走的。于是，主人极不情愿地舀来一杯米，杯子明显是没有满的，好打发她走。更有小气的人家，看到讨米的婆婆走来，连忙紧闭门窗，猫在家里，大气不出。讨米的婆婆走到门口，敲了敲门，嘴里还是那句台词："打发点啰——"屋内没有任何反应。她刚才明明看到有人的，门洞敞开，怎么一下就"失踪"了呢？她阅人无数，知道藏有猫腻，明白对方是那种特别吝啬的人。她没有离去，而是站在门外僵持，与对方打起了"持久战"。反正她有的是时间，看谁能坚持到最后。藏在家里的人不时打探一下，看外面讨米的走了没有。鸡要喂食，猪要喂食，等会还要去地里除草，那个讨米的怎么还赖在那里？讨米的婆婆似乎有意教训对方一下子，让她知道自己有几斤几两，不这样做的话，似乎真被人家瞧不起。对方越是着急，她越是不着急。这是一场"心理战"，也是一场"攻防战"，看谁沉得住气，看谁笑到最后。躲在家里的女人终究耗不起，只好乖乖开门，"缴械投降"。开门时，她还要装着伸懒腰、打呵欠的样子，造成一种刚才在午睡的假相。这一切，全被讨米的婆婆看破，只是她不说而已。照例，不打发一点她是不肯走的。那一杯子米，可是她来之不易的"胜利果实"。

别以为讨米的婆婆胡搅蛮缠，她心里敞亮着哩。碰到家里穷得揭不开锅的，她不会乞求什么，相反，她还愿意从袋子里倒点米出来。她最瞧不起的是那种为富不仁的人，从心里反感他们。她走过很多的路，跨过很多的桥，见过很多的世面，谁家有钱，谁家无钱，谁家钱多，谁家钱少，都逃不过她的眼睛。

如果主人正在吃饭，讨米的婆婆到了门口。这时候，打发的就不是米了。善良的女主人会从锅里盛一碗饭，再夹一些菜在饭上，倒进讨米的婆婆的搪瓷碗里。她接了饭，没有马上吃，而是走到一个偏僻的地方，蹲在地上，三口两口把饭扒进肚里。总之，她不会直接走到别人家里去，更不会坐到饭桌旁。

讨米并非婆婆们的"专利"，讨米的老公公也有，只是老婆婆要多一些，大概是因为女性更容易引发人们的同情心理。而讨米的年轻人是完全没有市场的。主人会数落他：我们的粮食也是辛辛苦苦种出来的，你有手有脚，四肢齐全，为什么自己不种呢？

小孩子在路上碰到讨米的婆婆，会觉得很稀奇，目不转睛地盯着她看，像看西湖景一样。她很少说话，只顾低着头走路。她快要走出村口了，孩子们意犹未尽，成为她的小尾巴，贴在她身后，好像在护送一位稀罕的贵客。他们异口同声地朝她喊："讨米的！"他们并无恶意，只是觉得好奇，感到好玩。如果她肯收他们为徒，他们愿意拜她为师，背上讨米的袋子，挂着打狗棍，一路走一路讨米，走到天涯海角，走遍五湖四海。讨米的婆婆回头看了看，也不说话，不愠不火，继续走她的路，不紧不慢。每隔一段时间，孩子们就喊一声"讨米的"，表示他们还跟在她的后头。她已经走出好远了，顿住脚步，回过头来，轮个将孩子们看一眼，意思是说：你们该回去了，免得父母挂念你们！孩子们这才依依不舍地转身回去。下次再来一个讨米的，他们依旧会兴致勃勃地跟着她走好远。

有一天黄昏，母亲从山上回家，在路上碰到一位讨米的婆婆。天快要黑了，前面没有村庄了，她再往前走，只能夜宿荒山。母亲恻隐之心顿发，将她带回了家。晚上，父亲回家，看到昏暗的灯下坐着一位跟外婆年龄相仿的老人，一开始还以为是外婆来了，定睛一看，才知道是位陌生的老人。母亲跟父亲说明了情况，父亲也接纳了这位讨米的婆婆。吃晚饭时，母亲用家里的碗给她盛了满满一碗饭。她只顾着吃光饭，不敢夹菜。母亲劝她吃菜，她颤抖着手，在眼前的菜碗里夹了几根青菜，就再也没有夹菜了。母亲见她这样，每样菜都夹几把，放到她的碗里。老实说，我是有点讨厌她的，嫌她邋遢，把家弄脏了，跟她保持相当的距离。她坐过的地方，我就不坐；她夹过的菜，我就不吃。从始至终，我都没有跟她说一句话。母亲跟她似乎很亲热，不停地与她拉家常。从她们的谈话中，得知她与外婆同龄。大概在那个时候，母亲把她当成了自己的母亲，因而殷勤招待。当天晚上，母亲为她准备了干净而舒适的床铺。第二天一早，她就走了。她像一阵风，不知道起于何处，也不知道去往何方。

讨米的婆婆在此地出现一次之后，永不会再来。她们会一直走向远方，直到走不动为止。她们是大地上真正的行者！她们走村串户，风餐露宿，只是为了活着。她们以她们的"无"，衬托我们的"有"。她们以最卑微的姿态，给我们最深刻的启示。她们参透世事，大彻大悟，来无影，去无踪，或许是道行高深的道姑。她们一身乞者打扮，沿途行乞，又或许是乔装的使者，负责考察人心的善恶。她们成了生活的"隐喻"，只是未被大多数人读懂。

天马奔腾

上个世纪 90 年代，我流落在广州街头。身处异地他乡，人生地不熟，举目无亲，孤苦无依的飘零感油然而生。但只要路过天河，凝望天河体育中心伟岸的雄姿，我就感到特别的亲切，因为该建筑外墙用了我家乡的水泥。

家乡有座山，叫天马山，因为它看上去就像一匹昂首挺胸的骏马。当地发展水泥行业，天马山的石头被造成优质水泥。通过铁路大动脉，水泥被运到了南方，运到了天河体育中心火热的工地上……

不知是机缘还是巧合，坐落在天河体育中心腹地的天河体育场，其造型宛如一匹奋蹄驰骋的骏马。很快，我就了解到了她的"威水史"。第六届运动会的中心会场，就设在天河体育场。她承担了六运会开幕式、闭幕式，田径运动项目的十一场次决赛，足球半决赛、决赛等共二十九场赛事活动。凭借其先进的硬件设施和全场职工的敬业奉献精神，六运会在该场的赛事办得"隆重、热烈、精彩、圆满"，受到了当时国际奥委会主席萨马兰奇的高度称赞。

而我宁愿相信，家乡的天马一路奔腾，跑到了广州，跑到了天河。天马驰骋天河，冥冥中似乎是上天的成全。相传，它原本是天庭的一匹骏马，因触犯天条，被贬谪到人间，化身为石头山。小时候，我无数次爬上天马山，在山上飞奔；我无数次想象，天马长嘶一声，昂首奋蹄，载着我奔腾。不羁是它的性格，矫健是它的精神，奔腾是它的身影，活力是它的源泉……

  经过多年的打拼，我终于在广州立足、扎根。我在广州生活的时间已经超过我在家乡生活的时间，广州成了我的第二故乡，我成了广州的"新客家人"。对广州的一切，我慢慢熟稔起来。而天河体育中心，成了家门前亮丽的风景。她自 1987 年落成以来的三十年间，不断升级，不断完善，增建了网球学校、棒球场、篮球城、保龄球馆、门球场、亚运体育文化中心 6 个场馆，以及全国首条全民健身路径、全国首个儿童乒乓乐园等户外体育设施，不仅成为许多大型体育赛事的主办场地，也成为推动群众体育发展的重要保障。如今的天河体育中心，是广州城市新中轴线上一颗璀璨的明珠。其所在商圈，也成为广州最繁华、热闹的商业区。

  有空闲的时间，我会去天河体育中心跑步、健身。跑着，跑着，我仿佛回到了少年时光，仿佛跑在家乡的天马山上；跑着，跑着，我感觉天马腾飞起来，载着梦想……

  人生就像一场马拉松，敢于拼搏，汗水终将浇灌出胜利果实；永不放弃，就会创造奇迹，超越自己；坚持梦想，天马终将奔腾……

  （本文系应广州市天河体育中心与南方日报社主办的"我与天河体育中心——真情不变 30 年"征文而写，原载《南方日报》2017 年 12 月 14 日，并在该征文比赛中获奖。）

同太阳赛跑

在过去的乡村，钟表是非常稀罕的。因为它们太贵重，以至于离乡村太遥远。尽管没有钟表，似乎对乡村人的生活也没有构成什么影响，他们该干什么就干什么。人们往往看太阳行事，太阳就是乡村人的钟表。日上三竿，意味着时间不早了；太阳偏西，意味着一天快要结束了。

放学之后，我常常同母亲在山上劳作。那时，我毕竟年纪小，干了一会儿，就感觉体力不支、腰酸背痛，只盼着早点回去。我一边心不在焉地干活，一边看太阳。我巴望着太阳早点下山，这样，我就能早点"解放"。我提醒母亲："该回去了！"母亲抬头望了一眼太阳，低下头去，不慌不张，继续劳作。在她看来，时间还早着哩！要是回去太早，到家时天还没黑，就等于浪费了一段时间，因为那段时间原本是可以用来干活的。我三番五次催促母亲回去，可是母亲完全不为所动。太阳就在天上，她清楚地掌握着时间。而此时，太阳仿佛故意跟我作对似的，我希望它走得快一些，她却像蜗牛一样，慢腾腾的。我理解母亲的用心，她是想充分利用时间，多干一会活。我一下似乎变得懂事了，不再闹嚷着提前回家。闹嚷也没有用，没有干完地里的活，母亲是不会收工的，而我说多了只会给她心里添烦。于是，我耐着性子，继续地里的活计。当太阳像一颗在嘴里含得太久的糖，随时准备融化，而暮色像一张撒开的大网，正在不动声色地一点点拉拢，母亲又抬头望了一眼太阳，果断地收工了。因为回家还有一段不短的路要走，路上得预留一些时间。回到家时，天刚擦黑，母亲对时间的掌握恰到到处。我觉得她仿佛是在同太阳赛跑，在太阳下山之前，将地里的活儿干完了。

一天黄昏，我从横阳山往家里赶。横阳山离家较远，走得慢的话，起码需要一个多小时。而我动身时，太阳快要落山了。如果天黑之前到不了家，我就会在山上摸黑。那时，我身上没有带光。老实说，一个人摸黑走夜路，我心里着实害怕。尤其就崖闷岭那段路，前不挨村，后不着店，阴森森的一片。想着夜闯崖闷岭，就浑身就泛起鸡皮疙瘩。因此，我有十足的紧迫感。一路上，我以百米冲刺的速度，在山路上狂奔。跑累了，就气喘吁吁地停住，调整一下呼吸，回头望一眼太阳，又继续奔跑。我心里铆足劲，在同太阳赛跑。如果我赢了，我就可以安全到家；如果我输了，就会留在山路上。太阳仿佛装了轮子，轰隆隆地接近西天；我的脚上也仿佛装了轮子，呼呼呼地向家驶去。天地之间，太阳和一个小男孩，悄悄地展开了激烈的竞跑。尽管没有观众，没有拉拉队，没有裁判，但比赛双方都全力以赴……太阳像一枚熟透的果子，坠入了西边的群山之中。而此时，我已经跑过了崖闷岭。过了崖闷岭，离家就近了。接下来的路，是从村庄中穿过，我犯不着害怕。我心中的石头落了地，但我并没有松懈，趁着低沉的暮色，继续剩下的路程。天完全黑了下来，而我已安全到家。我长长地吁了一口气，内心涌出一种得意感。在同太阳的比赛中，我是胜利者。

一天二十四小时，每个人的时间都是一样的，谁也不会比谁多，谁也不会比谁少。造物主是公平的。但是，假如我们拿出同太阳赛跑的精神，使出钉子精神，我们就能多做许多事情，我们就能走在别人的前面。

后来，我在繁重的工作之余，写了一些东西，这令身边不少人感到惊讶。他们问我："你平时工作那么忙，哪有时间写作啊?"他们不知道，我一直在悄悄地同太阳赛跑。

（原载《广东教育·高中》2017 年第 3 期）

瓦匠的背影

在我上初中的路上，有一个瓦窑。瓦窑旁边，是瓦匠师傅做瓦的地方。念初中时我在学校寄宿，一周回家一次，因而，我每周都有两次路过瓦窑的机会。很多次，我都见到瓦匠师傅在那里默默地做瓦。如果不是急着赶路的话，我往往会停下来，默默地看一会。看得多了，我基本了解了做瓦的全过程。

首先，是踩泥巴。瓦匠师傅选择一个雨后初晴的日子，开始挖泥巴。之所以选这样的日子，是因为雨后泥土湿润，挖时不用太费力，踩泥巴时也不用浇太多的水。他在坡地上平整出一块地方，作为做瓦的工地。旁边的坡地，满是极少含石头的黄土，可谓"就地取材"。挖出来的泥巴集中在一个地方，洒上水。洒的水要恰到好处，既不能太多也不能太少，使泥巴既不太稀也不太硬。瓦匠师傅脱了鞋子，光着脚丫踩泥巴，一遍又一遍。

接下来，就是做瓦坯。他支起无底的瓦筒，再自制一个简易的支架，支架大概能够着瓦筒的底部，支架上摆着一个装有水的盆。瓦匠师傅刮来一坨泥巴，均匀地涂抹在瓦筒四周。他一边转动着瓦筒，一边打磨着瓦坯的表面。瓦面是否光滑，取决于他制作瓦坯时是否耐心打磨。他不时从盆里取水，洒在瓦坯表面，起到润滑的作用，使之更便于打磨。瓦坯打磨好后，他提起瓦筒，来到一块事先平整过的地方，轻轻地将瓦筒放在地上。他将瓦筒一缩，取出瓦筒，圆坯就立在地上了。他制作圆坯，一般都是在烈日下进行。尽管顶着烈日，晒得七荤八素，但是圆坯干得也快。要是突降大雨，他的圆坯收不起来，就只能任它们在暴风雨的袭击之下还原为泥巴，落得个前功尽弃。所以，有经验的瓦匠师傅同时也是天气预报员，掌握了不少气象知识。在决定动工做瓦那天，他要仔细观察天色，看是否晴稳了，如果天气晴雨不定，他宁愿赋闲在家。他制作的瓦，给一户又一户人家遮挡了风雨，遮挡了烈日，而他自己，却暴晒在太阳底下，头顶没有一丝遮拦。他一个圆坯一个圆坯地做，周而复始，工作是枯燥乏味的，但那是他养家糊口的活计，他半点也不敢马虎，半点也不敢懈怠。他除了要承受身体的辛劳，更要承受心灵的寂寞。他劳作的地方是一片荒郊野岭，连一个说话的伴儿都没有。圆坯晒干之后，他变戏法般轻轻一折，一个圆坯就折成了几块瓦坯。他将瓦坯整齐地垒在瓦堤上，再盖上稻草。这时候，即使下点小雨也不用担心了。

做好了一窑的瓦坯之后，瓦匠师傅就开始做煤饼了。与烧砖的煤饼不同，烧瓦的煤饼要小多了，大概与瓦的大小相当。做煤饼时要注意煤与土的比例，因为它决定了煤饼的火力，关系到整窑瓦的成败。煤饼晒干之后，将它们收起来，贮藏在一个风雨不侵的地方。

瓦坯与煤饼都准备好了，再接下来就是装窑了。几块瓦坯夹一块煤饼，按着这样的配比，瓦匠师傅将瓦坯与煤饼整整齐齐、层层叠叠地装进窑肚里。

最后，就是烧窑了。窑底，塞满了木柴。两三步之内，就有一个通风口。瓦匠师傅请来了他的族人，男女老幼齐上阵，各守一个通风口，负责点火与扇风。烧窑前，瓦匠师傅准备了雄鸡酒水一应物事，口中念念有词，大概是希望"窑头菩萨"保佑他烧一窑好瓦。"点火！"瓦匠师傅一声令下，各通风口烟雾四起。他们先用易燃物引燃靠近通风口的木柴，然后不停地往里扇风。一时间，火光熊熊，烟雾冲天。

在烧窑的过程中，瓦匠师傅有事没事都要在窑前转悠，看看烧到什么地方了，观察火力是否出现异常。其实，那些天他是提心吊胆的，晚上睡觉都不安稳。直到起窑之后，发现烧出来的是好瓦，他悬着的心才能落地。烧得太嫩，轻轻一碰，瓦就碎了；烧得太老，几块瓦粘在一起成了硬疙瘩，怎么分都分不开，都意味着烧砸了，赔上辛苦不说，还要赔上一笔钱。

如果我在烧窑的时候路过那里，我也学着瓦匠师傅的样子，煞有介事地在窑前看看，像是料事如有神的诸葛亮，嘴上忙不迭地说："好瓦！好瓦！"我不懂装懂，冒充内行，实则寄托了我希望他烧窑成功的愿望，而不忍见到他烧砸后捶胸顿足、仰天长叹的模样。

我初中毕业那年，不知什么原因，瓦匠师傅的瓦窑倒塌了。我看到他扛着瓦筒，走向瓦窑后面的大山。从此之后，我再也没有见过他，不知他在别处干着他的老本行，还是有了别的营生。家乡早就是机械化生产瓦坯了，传统瓦匠的生意越来越惨淡。这项在华夏历史上传承了数千年的工艺，也许在不久的将来将会永远消失。

时光匆匆，三十多年一晃而过。这些年来，他过得还好吗？每当见到鳞鳞的大厦，我就会把他想起。他定格在我记忆中的形象，是渐渐远去的背影。我多么希望他转过身来，让我看看他饱经沧桑的面容上，是挂满笑容，还是写满愁苦。

枉死的公鸡

院子里，不知谁家的公鸡率先"喔喔喔"地叫了几声。紧接着，其他的公鸡争先恐后、接二连三地叫了起来，打鸣声响成一片。那只最先打鸣的公鸡仿佛是公鸡中的老大，其他的公鸡俯首称臣，唯马首是瞻。

我家也喂了一只公鸡，可是它真沉得住气，别的公鸡叫翻了天，而它却保持沉默，鸡窝里没有响起任何动静。等到别的公鸡热闹过后，它开始登场了，引吭高歌，唯恐我们忽略了它的存在。一连几天，都是如此。

一日之计在于晨。公鸡就是家里的闹钟。闹钟晚一点响，家人就会晚一点起床，早上的活计可能会受到影响。

因此，母亲忍不住抱怨："家里养的公鸡迟迟才打鸣，总是比别人家的慢几拍，再喂下去，怕只是浪费粮食。"

自此，母亲看我家公鸡时戴上了有色眼镜。它却仍跟以前一样，一副没心没肺、大智若愚的模样。

直到有一天，母亲在喂食的时候，看到公鸡凑近食槽，就粗暴地将它赶走，不让它进食。公鸡隐隐地感觉到不对劲。

我以为我家的公鸡会趁机好好反省，痛改前非，将打鸣的节奏提前，加入到院子里公鸡的大合唱中，谁知它我行我素，涛声依旧。

"既然公鸡不能按时打鸣，那就不留它了。"母亲一边磨刀霍霍，一边在心里琢磨。

我家的公鸡被捉了来，稀里糊涂地死在菜刀之下。它临死前，大声抗

96

议，极力反抗，似乎觉得很冤屈，可是没法改写自己的命运。

有一次，我因为临睡前喝了太多的水，半夜里内急，起来解手。走到门外，听见那只"鸡老大"率先叫了起来。它的嗓音嘹亮，划破了夜空的寂静。我不禁在心里哑然失笑。此时才是半夜，伸手不见手指，离天亮还远着哩。其他的公鸡都是应声虫，见"鸡老大"叫了，也迫不及待地鸣叫起来。这群傻公鸡，以为它们齐心协力鸣叫，就能把天叫亮？

或许，我家公鸡的打鸣时间是准确的。它有自己的主见，不随波逐流，不人云亦云。可惜的是，它遭到了我们的误会。

由于我们没有明察，错杀了我家的公鸡，造成了一桩"冤假错案"。我从内心替它感到委屈与不平，对它的枉死感到痛心与难过。

每次看到黎明前的朝霞，我就不自觉地想起我家的公鸡。我仿佛觉得，火红的朝霞是公鸡的鲜血染红的。它以它的生命，给我们带来了黎明的启示。

文字游戏

　　穷苦的人家，门前一般都有一个小小的沙池，那是用来写字的。我家也不例外。我到了该认字的年龄，曾当过老师的父亲便带我来到沙池旁，折一根树枝当笔，在沙地上写下了一个又一个字，教我认。沙地上写满了，只消轻轻一抹，原先的字迹就被抹去了，沙地重新铺就了一张白纸，等待父亲落笔。就这样，我在沙地上认识了"一""二""三"，认识了"天""地""人"……

　　认的字多了，我的表现欲开始抬头了。这时，我便央求父亲考一考我。父亲在我手心里写字，看我会不会认。我如果认了出来，小小的心里都被一种巨大的虚荣感填满。横竖撇捺在我手心里游走，怪舒服的。我喜欢这种感觉，因而不知不觉地喜欢上了汉字。

　　上小学之后，同学们都认识字了，我们便玩一种文字游戏。在对方的手臂上、背上、肚子上用手指头写字，让对方根据感觉来猜。如果对方轻而易举就能猜出来，我就增加难度，故意写得潦草，或者故意写得飞快。有时候，我还要点小心眼，有意挑容易混淆的字来写。对方蛮有把握地脱口而出，没想到掉进了我挖设的陷阱里，我却在心里窃笑。这样玩了一会儿，角色互换，写字的角色变成了猜的角色。对方在我的手臂上、背上、肚子上用手指头写字，由我来猜。我倘若猜了出来，那种兴奋的心情简直没办法用语言来形容。我如果苦苦思索仍猜不出来，就感到有点郁闷。这时，我只好请对方重写。还是猜不出来，再哀求对方写一遍。几遍之后，准确地把握住字的笔画，我一般都能猜出来。

通过这种游戏，呆板的文字游走起来，冰冷的文字沾上了体温，软绵绵的文字有了重量，沉默不语的文字发出了声音，黯淡的文字有了色彩……我极力捕捉它们游走的每一缕信息，并且深深地印在脑子里。到最后啊，它们变成了一尾尾活泼的鱼，游进了知识的海洋，游进了我的心灵世界。

洗锅汤

　　广东人爱喝汤，上菜之前，往往先上一锅热气腾腾、香气四溢的汤。他们喝汤挺有讲究，不同时令、不同性别、不同体质，喝的汤是不同的。

　　热情的广东人邀请初来乍到的北方人做客，说："我请你来家里喝汤!"不明就里的北方人心里颇有点不悦："光请我喝汤，不请我吃饭、喝酒? 广东人未免太小气了吧!"殊不知，广东人请朋友喝汤的情感含量丝毫不亚于北方人请朋友喝酒。有时候，光一锅汤的费用，就抵得上满桌子菜。煲好这一锅汤，也颇费工夫。在请客的前一天，煲汤的所有食材都要准备到位。第二天一早，厨房一点也没闲着，一会儿猛火，一会儿中火，一会儿细火，煲它几个小时，汤才端得上桌来。

　　而在我家乡湖南，喝汤的次序跟广东人刚好相反，往往是在吃完饭之后。这汤完全不讲究，在炒完菜之后，再往锅里添瓢水，涮一涮，滚一滚，就舀出来。这不能叫汤的汤正好洗了锅子，故谓之洗锅汤。那时生活艰苦，肚子里没多少油水，连菜锅上的油沫都不放过。这汤不加任何食材，不加其他作料，最多放些许盐。家里晒有盐菜的人家，抓一把盐菜干，丢进滚汤里，已经算是非常奢侈的了。

　　喝汤的碗仍然是吃饭的碗。喝完汤，饭碗干干净净、清清爽爽，没有浪费一粒饭，没有浪费半滴油。

　　就是这样的洗锅汤，我小时候竟然喝得津津有味，喝得满颊生香，喝得心满意足。吃饱了饭，再来一碗洗锅汤，觉得是锦上添花。

在大快朵颐之后，洗锅汤正好可以洗洗我们的嘴，洗洗我们的食道，洗洗我们的肠胃，洗洗我们饕餮的心。

现在想来，洗锅汤包含了深刻的哲理。繁华过后，终归平静；丰盛之后，终将平淡……有一些人，有了高屋广厦，有了锦衣玉食，有了奔驰宝马，却不懂得满足，欲壑难填，弄得自己整天忧心忡忡，闷闷不乐。他们的生活还需要什么呢？我想，一碗洗锅汤足矣。

在这个物质极其丰富甚至有点过剩的时代，在这个"富贵病"层出不穷的年代，简单至极的洗锅汤，或许就是一剂医治人心的汤药。

（原载《南方日报》2018 年 10 月 4 日）

小蜡像

上初中的时候，我在学校寄宿。那时，学校电压不是很稳定，停电是经常的事。我们都自备有蜡烛。晚上自习时间，碰到停电，我们都不慌不忙，点上各自的蜡烛。

蜡烛一边燃烧，一边流淌着蜡油。那滚烫的蜡油，是蜡烛的眼泪吧。它为什么要流泪呢？看着越来越短的蜡烛，我心里蓦地一动——蜡烛的伤感，莫非是因为即将逝去的生命？

蜡烛是伟大的，它燃烧自己，照亮了别人，成为人们讴歌的对象。它勇于牺牲，乐于奉献，当黑暗袭来的时候，当人们需要它的时候，它从不吝惜自己的生命。能以自己的光明，驱逐黑暗，点亮世界，它感到无比的荣幸。那悄悄流淌的，或许是它激动的泪花。

晚自习结束的时候，各自课桌上的蜡油，便成了我们做手工的"宝贝"，谁也舍不得随意扔掉。那时，我们的生活极其单调，不放过任何娱乐的机会。生活中许多意料不到的东西，都能成为欢乐的源泉。我们就地取材，将蜡油当做玩乐的材料。待蜡油稍微冷却、还不是特别烫、又没有完全硬化之前，将它们捏在手中，按同桌的模样，塑造他的形象。蜡像完工之后，将它赠送给同桌。同样，我也会收到同桌赠送的"礼物"，收获一个自我的蜡像。同桌将"我"塑造得很夸张，我看后忍俊不禁，但心里仍然掩饰不住兴奋。

制作蜡像的手艺千差万别，蜡像有做得像的，也有做得不像的，但大家都不介意，相互赠送，彼此取笑。教室里，充满了蜡油的味道，洋溢着快乐的色彩。

在寂寞的时候，我情不自禁地端详着自己的蜡像，觉得它很像自己，又觉得它一点也不像；觉得它既熟悉，又陌生……

蜡像延长了蜡烛的生命，或者说，它是蜡烛的另一种存在形式。在蜡烛凝固的泪里，我似乎看到了许多人的形象，也看到了"我"自己……

新房里的火种

四奶奶家的新房子建好了，可是她仍然住在低矮破烂的旧屋里。

"放着新房子不住，偏要住烂屋，这怎么解释呢?"我心里有点纳闷，于是问爸爸。

"她家的新房没有过火，还不能搬进去住。"爸爸告诉我。

"过火是什么意思?"我打破砂锅问到底。

"过火就是要在新房里燃起第一把火……"

我似懂非懂地点了点头。

一天早上，一阵噼里啪啦的鞭炮声将我从睡梦中惊醒。我在心里嘀咕:"是谁家干好事呢?"起床后，我看到四奶奶家的新房里飘出来缕缕炊烟，猛然想到"过火"之事。原来，今天是四奶奶乔迁新居!

我还看到，四奶奶家新房上空，飘浮着一朵很好看的云。它大概就是人们所说的祥云吧。今天是个好日子，可是对于我来说，却是一个沉重的负担，因为我要完成一大堆寒假作业。

吃早饭的时候，爸爸在饭桌上说:"四奶奶今天搬进新屋里住了。"

"我知道啊。"我迫不及待地说。

爸爸反问我:"你是怎么知道的?"

"我听到鞭炮声，看到她家的炊烟……"

爸爸看了看我，脸角露出一丝微笑。

这一天，爸爸起得很早，因而成了四奶奶"过火"的见证者。天刚亮的时候，四奶奶从旧屋里走出来，穿着整齐而干净，肩上挑着一副担子，担子上挂着七样东西，分别是柴米油盐酱醋茶。她风风火火地朝新屋走去，目不斜视。她之所以起那么早，是为了避开路人。要是碰到行人，对方看到她这身行头，看到她肩上的担子，不明就里，口无遮拦，说出一些不好听的话，那就不吉利了。这一天，可是她费了不少工夫择定的吉日啊！俗话说："人逢喜事精神爽。"这天，她显得特别精神、特别干练、特别清爽。她尽管一把年纪了，但脚步迈得轻快。看上去，她不像一个老态龙钟、饱经沧桑的老人，而是一个步履匆匆的年轻姑娘。她走到新屋院子里了，怀着紧张而又兴奋的心情，点燃了一挂长长的鞭炮。鞭炮闪着火星，炸响在熹微的晨光里，响声震天，象征着此后的生活火红、火爆……

下午，我正在书房里写作业，听到外面传来一阵脚步声。

"你家红孩在家吗?"是四奶奶的声音。

"在家啊。"爸爸应答道。

接着，四奶奶跟我爸爸聊起了天。我因为赶着做作业，没有留神大人的聊天内容。我一边做作业，一边在心里想："红孩是我的小名。四奶奶点名要找我，到底是什么事呢?"

"红孩，"爸爸叫我了，"你出来见四奶奶。"

我听到后，连忙从书房里走出来。

四奶奶见到我，笑吟吟地说："今天晚上到四奶奶家新屋去睡觉，好吗?"说着，她忙不迭地往我的口袋里塞了一把糖果。

我呆呆地站在那里，没有点头，也没有摇头。

"还不快答应四奶奶?"爸爸催我，"晚上可要好好睡觉噢!"

我像捣蒜一样地连连点头。此时，四奶奶直直地看着我，脸上笑成了一朵花。

四爷爷体弱多病，早就过世了，四奶奶独自一人，含辛茹苦、省吃俭用，把孩子拉扯大。四奶奶的孩子读书发狠，都有出息，长大后都远走高飞，去遥远的省城工作了，又只有四奶奶一人留守在老家。她的孩子也曾接她在省城住过，可她老人家住不惯，度日如年，觉得像坐牢一样。在外面没住多久，她又回到了老家，仍住在风雨飘摇的旧屋里。四奶奶的孩子为了表达孝心，决定给四奶奶盖座新房子。他们谋好了屋场，请人画好了施工图纸，又将工程全部包给了工程队。只用了半年多一点的时间，四奶奶家的新房子就建好了，可四奶奶的孩子因为忙于工作，还没有回家看一眼哪。听说，他们过年时一定都会回来的。四奶奶可等不及了，择定了过府的吉日良辰。按照当地的风俗，过府当天晚上，每间卧室都要亮灯，都要有人睡，意味着房房发人，房房发达。可是，四奶奶只有一个人在家呀，怎么办呢？她不是上我家"搬救兵"来了吗？

四奶奶要走了，因为她还要去"搬救兵"。

我沉浸在住新房的巨大的喜悦当中。新房子虽然是四奶奶家的，我可是第一个住的人呀！

然而，爸爸叮嘱我："你要帮四奶奶家的房子睡热。如果头一晚没睡热，后面的人也难睡热，房间就会变得冷冰冰的。"

我顿时感到责任重大、使命光荣。四奶奶请我去她家新屋里睡，肯定是希望我把房间睡热的。

照爸爸的说法，要是我晚上做噩梦了，后面的人睡那房间也会做噩梦？我隐隐地担忧起来。因为做不做梦，做什么梦，由不得我做主。有时，梦要往你脑袋里钻，挡又没法挡，拦又没法拦，真是一点办法也没有。如果是好梦，当然欢迎，可要是噩梦呢？我做过一些很不好的梦，比如梦到青面獠牙的鬼怪，梦到被恶狗追咬……当然，我也不是完全没有办法。常听大人说，日有所思，夜有所梦。我白天不看鬼故事，不走坟地，晚上做噩梦的机率就会少很多。

在既兴奋又忐忑的心情中，天色一点点暗下来。匆匆吃过晚饭，我迫不及待地往四奶奶家走去。四奶奶的院子里，堆积着一层纸屑，那是早晨放鞭炮遗留下来的。新屋正门上，贴着一副长长的红对联，对联上面的字迹仿佛还未干透，烘托出吉祥与喜庆的气氛。屋里的每一个房间，宽敞、大方、实用。四奶奶非常能干，里里外外，门前门后，收拾得井井有条、干干净净。在四奶奶家的客厅里，我陆续见到了几位小伙伴。他们和我一样，都是四奶奶请来的"房客"。四奶奶忙不迭地端上来一盘又一盘点心，把我们当稀客一样招待。我们虽然都是"房客"，但临时成了新屋里的"小主人"，一点拘束感也没有，丝毫不客气，放开肚皮吃，像在自家里一样。

夜幕完全降临，四奶奶扯亮了房间里所有的灯，灯火通明，如同白昼。四奶奶将我带到二楼一间卧室里。我晚上的任务，就是在那里美美地睡上一觉。

刚踏进卧室，感觉冷冰冰的。房子虽然是崭新的，但因为没有人住过，带有几分寒意。一旦有人将它睡热了，它就有了温度，有了人气。

卧室里，衣柜是崭新的，床是崭新的，被子是崭新的，枕头是崭新的……一切都是崭新的。我有点后悔，后悔晚上没有洗澡。那时候冬天冷，洗澡的条件又不好，因而不是每天都洗澡。上床后，我蜷缩成一团，一动也不动，生怕弄脏了四奶奶家的新床铺。忽然，我转念一想："头一晚就睡得如此拘谨，后面睡的人是不是也会感到拘谨？我是四奶奶请来的，她怎么会嫌弃我呢？"

这样想着，我完全放开了，一脚蹬掉被子，在床上打滚、翻跟斗，玩得不亦乐乎。

玩累了，我装模作样，闭目养神，不让自己胡思乱想，想尽量早点入睡。可我的实际行动却跟我的主观意识唱起了反调，各种妖魔鬼怪纷纷往我的眼皮里钻……我心里大叫一声，糟了！关键时刻掉链子，这样岂不糟蹋了四奶奶家的新房子？我对不起四奶奶，也对不起她的后代呀！怎么办？我没有"绝招"，只好用老掉了牙的办法——数绵羊。"1，2，3，4，5，6，7，8，9，10……"数重了，又耐心十足地重新来过。渐渐地，被子被我睡热了，床铺被我睡热了，反过来，床铺和被子又把温度传递给我。我的手掌、脚掌，我的整个身体都变得暖烘烘的，被窝里似乎笼着一炉火。我身上的热度还在不停地增加，房间里的温度也在渐渐升高。最后，我发觉自己通体通红，一团火热。我变成了一个火种……房间里，温暖如春。

当阳光在眼皮上翩翩起舞的时候，我猛地睁开眼睛，天已大亮。窗外，阳光明媚。新的一天，必是美好的一天。刚才的情景，是我梦中所见。我庆幸自己没有做噩梦，而是做了一个美梦。我觉得浑身畅快，浑身轻松，因为我"光荣"地完成了四奶奶交给我的"伟大"的任务，没有辜负她的期望。

这是我儿时经历的一件事，它没有因为时光流逝而被淡忘，相反，它在我的记忆中扎下根来，并且时间过得越久，根扎得越深。多年之后，四奶奶家里，人丁兴旺，儿孙满堂，好比一棵茁壮生长的树，不停地抽枝长叶，长成了一棵枝繁叶茂的大树。每逢过年的时候，四奶奶在外面的子子孙孙，像候鸟一样陆陆续续赶回家，相聚在一起，团圆在一起。四代同堂，杯箸交错，欢声笑语，不绝于耳，其乐融融，其乐陶陶。其情其景，是何等的温馨，何等的温暖！四奶奶这个老寿星笑得合不拢嘴，脸上的皱纹慢慢地舒展开来，她越活越年轻，越活越精神。这时，我觉得身上涌动着一股暖流，不由自主地回想起在四奶奶家新屋里睡的第一个晚上。他们大概不知道，很久以前，我将新屋里的一个房间睡热了；他们更不会知道，我甚至变成了新房里的一枚"火种"。此后，房间里充盈着温暖的气氛，接着睡的人，睡得安稳，睡得踏实，夜夜好梦。我大言不惭地认为，他们今天的幸福与温暖，与我给他们开了一个好头有关。我一遍又一遍地回味往事，带着几分不轻易外露的自豪与得意，并在心里默默地为他们祝福。

雪之歌

上午，气温骤降，寒风更加凛冽了。冬天的风仿佛变成了肉食动物，见到人就想从他身上割点肉。天空低沉，呈铅灰色，表情凝重，像是即将分娩的母亲。我知道，一场雪就要下来了。我的心里满是期盼，期盼一场漫天的大雪悄无声息地覆盖大地。

儿时，在冬天对雪的期盼，犹如在春天对花的期待。雪就是开在冬天里的鲜花。因为有了期盼，冷也是值得的，冷也就觉得不冷了。

而我现在生活的广州，尽管冬天比较暖和，但总有几天阴冷的日子。因为没有对雪的期盼，一冷就觉得不是滋味。

下午，风停了，稀稀拉拉的雨下了一阵，似乎有点心不在焉。我知道，雨是在为雪打前阵的。没多久，雨就改成了沙雪，地上可见蹦蹦跳跳的雪粒。它们来到人间，似乎也按捺不住兴奋。我也知道，它们是为雪花铺路的。沙雪垫好了底，铺好了路，雪花就不会轻易融化，就能把自己的完美完整地呈现在世人的眼里。

黄昏时分，飘起了雪花。先是零零星星的几朵，似乎还带着几分紧张与羞涩，带着对天国的几分眷恋。但很快，它们就消除了羞涩感，大大方方，纷纷扬扬，像是蝴蝶飞舞，像是天使降临。

雪越下越大，大团大团像棉花一样的雪争先恐后地抛撒。它们把天空当成了舞台，恣意跳起了华尔兹。试问有谁在室内见过如此磅礴、如此优雅的华尔兹舞步？有谁听过如此恢弘、如此优美的华尔兹舞曲？

　　我不由自主地冲入雪中，雪花轻轻地落在我的头发上、脸上、衣服上。待我要捕捉它们，它们就倏地不见了。来自天国的精灵，你们是在同我捉迷藏吗？我仰起头，张开嘴，雪花飘进了我的嘴里。从此，我的心里就有了温暖的雪。我在雪中手舞足蹈，大喊大叫，忘乎所以。我觉得自己越来越轻盈，越来越轻盈。最后，我也变成一朵雪花，在天地间飞舞……

　　晚上，雪仍在无声无息地下着。偶尔，听到窗外窸窸窣窣的声响，那是因为树枝承受不起雪花的重量，雪花落下来的声音。我枕着雪的轻柔，枕着雪的奇妙，香香甜甜地睡着了。

　　第二天，雪光在我的眼皮上轻轻地跳荡，我觉得痒痒的。猛地睁开眼，只见窗外白皑皑的一片。我迫不及待地起床，推门一看，不禁惊呆了。除了小河仍在缓缓地流，世间万物都被白雪笼罩了。抬头望去，连电线都变"肿"了。好一个银装素裹的世界！此时，雪完全停了，雪地上安静极了。有几只不安分的小鸟在树上飞舞，翅膀不小心碰到了树枝，雪花簌簌地落下。

　　一开始，我甚至不忍心踩到雪地上去，生怕糟蹋了美丽的雪，破坏了雪花精心描绘的完美的图画。

　　伙伴们陆陆续续来到院子里。他们在雪地上奔跑、跳跃，听脚底下的雪发出动听的"吱咯吱咯"的声音。

　　我再也按捺不住了，跟他们一起在雪地上奔跑。跑累了，我们就一起堆雪人、打雪仗，玩得热火朝天，玩得兴致勃勃，玩得不亦乐乎。冷不防地，我抓一把雪投进你的衣领里，你抓一把雪投进我的衣领里。笑声此起彼伏，树上的雪花不时被激荡下来。

　　这一天，我们可以理直气壮地"逃学"，因为大雪封山，路上行走不便。雪赐予我们自由，赐予我们欢乐。

　　当屋檐上的第一滴雪水落下，我知道，天气回暖，雪就要融化了。雪水滴滴答答，像是旧社会一个受了天大委屈的小媳妇忍不住嘤嘤哭泣，没完没了。冬天快要结束了，雪花在为冬天唱着一首挽歌。我心里有点不舍，不舍冰雪融化，不忍看冰雪融化时和污水混合在一起的龌龊模样。但我又无可奈何，毕竟，时令的脚步是无法阻挡的。与此同时，我又感到欣慰，雪是在温暖中融化的，它必定带着微笑而离去。我转念一想，觉得雪之歌又是迎接春天的颂歌。它既是哀歌，又是欢歌，乐中有悲，笑中有泪。我搬来一条凳子，坐在阶基上，出神地听了老半天，怎么听也听不厌……

盐的记忆

盐是人们生活的必需品之一。生活在大山里的老百姓，过着自给自足的生活，唯独盐是需要购买的。他们花钱，最主要的用途就是买盐。我小时候听父亲说，大山深处一位独居的老奶奶，身无分文，买盐都没钱。父亲知道情况后，悄悄塞给她一块钱。她一年只花了一块钱，这一块钱，全拿去买盐了。山里人要求简单至极，只要有盐，生活就有了滋味；只要有盐，日子就充满了力量。

小时候，我家开过杂货店，也卖过食盐。那时交通极其不便，食盐要从外地用肩膀挑来，而卖盐的利润又薄，因此，卖盐无异于"担脚"。但为了方便村民的生活，我家的杂货店食盐从未断货。

盐来自于遥远的海上，系海水的结晶。从未出过远门、从未见过大海的山民，与大海发生了关系。追踪一粒盐的足迹，人们找到了大海，正如追踪海水最终的源头，人们找到了大山深处的小溪。大山与大海，虽远隔千里，却紧紧拥抱在一起，牵线搭桥的正是盐。大山向大海敬个礼，大海给大山唱支歌。

在我家乡，流传着一句这样的俗语："呷得咸，霸得蛮。"乡亲们吃的菜跟城里人相比，要咸得多。他们都是"重口味"。他们从事的都是体力活，经常流汗，体内的盐分流失多、流失快。在夏季，他们所穿的衬衣上经常能见到"中国地图"，那就是盐分的"杰作"。正因为如此，他们通过吃咸一点的菜来补充人体所需的盐分。只有吃得咸，才有力气干活，才霸得蛮。

在我家乡，还有另一则俗语流传："礼多人不怪，盐多菜不坏。"那时候，没有冰箱。在我记忆中，当天吃不完的鲜肉、鲜鱼，母亲都会用盐腌起来。腊肉，往往要存放好几个月，就更需要大把的盐了。所以，腊肉吃起来很咸。尽管煮腊肉时先让它在沸水中滚一滚，再倒掉沸水，试图去掉一些盐味，但盐味仍然很重，因为它们早已浸入腊肉的每一个细胞。还有，当季吃不完的蔬菜，比如辣椒、茄子、豆角、萝卜、冬瓜等等，母亲就将它们晒干，铺进坛子里。铺之前，要撒上很多盐。母亲首先将盐集中在一个大盆里，用手抓着盐，直接往坛子菜上撒，只听见一阵沙沙沙的声响，悦耳而动听，既像是雪花飘舞，又像是浪花歌唱。我那时候在学校寄宿，吃的是从家里带去的坛子菜。因为盐太多，坛子菜苦咸苦咸的，很下饭。咸有点过分，乃至变成了另一种味道——苦，正如欢乐过了头，往往演变成了悲。

在一日三餐之外，在繁重的体力劳动之余，山里人有山里人的喜怒哀乐，只是城里人难以体会他们的情感，永远走不进他们的内心世界。他们有盛大的欢乐，亦有深沉的伤悲，流下或欢喜或痛苦的泪。泪的味道，就是盐的味道，就是海的味道。从泪花的闪烁中，似乎能看到浪花的起伏。他们虽身处山旮旯，但从一滴眼泪启程，却抵达了太平洋。海有多大，他们的欢乐就有多大；海有多深，他们的忧伤就有多深……

一碗炒米茶

　　家乡的正月，称得上是"人情月"，是亲戚之间走动的"黄金时节"。正月里最重要的事，不是外出走亲戚，就是在家招待亲戚。

　　正月，气温尚未回暖，天寒地冻。客人冒着严寒，从很远的地方来，跋山涉水，风尘仆仆。客人一进屋，母亲便迫不及待地给他倒上一碗炒米茶，并且劝他趁热喝。

　　所谓的炒米茶，其实压根就没有茶叶，是用开水冲米泡而成。米泡一遇开水，就泡软了，入口即化。炒米茶不加作料，但遇到喜欢甜食的客人，主人往往会加一勺白砂糖。先喝一碗炒米茶，既可以解渴，又可以充饥，但最主要的作用是御寒。客人在风寒中长途跋涉，说不定手脚都冻僵了哩。假如喝冷饮，"冷"便会凝结在体内，要用五脏六腑去暖它，令身体受伤。

　　米泡暖胃，客人喝下热乎乎的炒米茶，胃变暖和了。接着，手和脚也变暖和了，整个身子都变暖和了。室外寒风凛冽，但内心却暖意融融。一路上浸染的寒气似乎被一碗热气腾腾的炒米茶给驱赶得丢盔弃甲，落荒而逃。

　　过年前，母亲就得准备米泡了。小时候，我并不喜欢喝炒米茶，觉得它味道寡淡，米泡主要是为客人预备的。选家里最好的大米，交给爆米花的师傅。通过爆米花的机子一爆，大米像变魔术一样成了饱满洁白的米泡。米泡容易受潮，受了潮，就不好吃了，因此得找干燥的地方储藏。待到客人来时，抓一把米泡，用开水一冲，香软可口的炒米茶就出品了，方便快捷。

读到一则史料，说是有一年冬天，郑板桥的家中来了一位到访的客人，主人热情地捧出一碗炒米茶，并且说："天大寒，先吃一碗炒米茶，可暖手足。"虽然隔了二百多年，但待客之道如出一辙。二百多年前的炒米茶和现在的炒米茶，味道应该都一模一样。世易时移，但暖人的心未变。

尽管家简陋寒碜，也拿不出珍馐玉食，但主人有一颗淳朴、诚挚、火热的心，在寒冷的冬天，要让来访的客人第一时间感受到暖意。

人与人相处，就是要捧出真诚的心，设身处地替他人着想，想方设法给对方以温暖。假如人人都能这样，世界就会充满和谐与美好。

从一碗不起眼的炒米茶里，可以看出世道人心；在一碗朴素的炒米茶中，蕴含着深刻的为人之道。

一只锣，二只锣，三只锣……

小时候，我们流行看指纹，看双手上有几只锣，你给我看，我给你看，自己给自己看。一边看，一边数，一只锣，二只锣，三只锣……所谓"锣"，就是指纹形成的圆圈。与"锣"相对应的是"簸箕"，就是说指纹呈条纹形。

"一锣穷，二锣富，三锣四锣卖豆腐，五锣六锣开当铺，七锣八锣把官做，九锣十锣享清福。"那时，我们对这则顺口溜倒背如流。

由于执行的标准不一致，数出来的锣因人而异，没有参考答案。我在自己手指上数出来八只锣，本来是当官的命，给张三数，只数出四只锣，变成了卖豆腐的命，而李四则帮我数出了六只锣，卖豆腐的改开当铺了。真是"命途多舛"！我手上明明有几只好锣，似乎能发出洪亮悦耳的声响，可是我的同学却恶作剧地说我手指上几只锣是破的，只会发出沙哑而沉闷的声音。尽管对方是戏谑之言，但我心里仍有几分不爽。我的一位邻桌，他在自己手指上数出来六只锣，我则帮他数出来九只锣，他的命运由此得到改写，开当铺的立马享清福了。

对此，大家都抱着一种游戏的心态，并未当真。谁要当真谁就是傻瓜了。

对于未来，我们都茫然而无知，但又充满好奇与期待。命运的锣鼓响起，是一出悲剧，还是一出喜剧，抑或是一出悲喜剧？我有时呆呆地对着指纹看，一看就是老半天，希望手指上敞开一扇窗，让我得以窥见自己将来的人生。长大后是穷还是富，是贵还是贱，是高还是低，手指上的纹路能否透露一点玄机？只是在看过之后，更加觉得茫然。毕竟，人的命运不是由指纹决定的。归根结底，命运靠自己去创造。路在自己的脚下！

我们村子里有一位青年，他靠自己的努力考上了大学，走出了农门，在某地谋得了官职。他手指上恰好有八只锣。"七锣八锣把官做"，这或许只是一种巧合。

而另一位货真价实的傻瓜，逢人便得意地炫耀自己有八只锣，是当官的料。他所有的梦，都是当官的情景。而最后，他一无所成，穷得叮当响，拿着一个破碗沿街乞讨，沦为可怜的乞丐。他紧握的金光闪闪的"金锣"，到头来不过是一只空虚的"破碗"。

隐秘的生日

孩子的生日，做父母的总是记在心里。我小时候过生日，没有生日蛋糕，更没有生日派对，往往只是一个藏在饭碗里的荷包蛋，那是父母特意为"小寿星"准备的。

因为家里姊妹多，生活拮据，不可能每个孩子都能吃上荷包蛋。某个孩子过生日，父母又不能不有所表示。父母事先打好一个荷包蛋，用饭盖住。这碗往往要做一个记号，那是给"小寿星"预备的。不明就里的"小寿星"吃着吃着，发现了碗底下的"秘密"，准备声张，父母连忙用眼神示意，意思是说，今天你过生日，长尾巴，所以给你搞了点"特殊化"，要知道，你的姊妹们碗里可是没有荷包蛋的。"小寿星"会意，又把嘴里的话咽了下去。

这种秘密工作也有穿帮的时候，或是藏有荷包蛋的饭一不留神被兄弟姐妹抢去吃了，或是吃到荷包蛋的"小寿星"主动暴露情况。不懂事的弟弟见了，心里的天平瞬间被打翻了：为什么他碗里有荷包蛋，而我碗里却没有？他哭着闹着，也要吃荷包蛋。为了止住他断线的"珍珠"，做父母的只好也给他打一个荷包蛋。他沾了哥哥或姐姐生日的光了。

在我的记忆中，我儿时的生日庆祝，都是在隐秘的状态下进行的。当然，生日那天，父母也会告诉我，你又长尾巴啦！你又大了一岁！当我躲在一旁，偷偷地享用"生日特供"时，感觉像做了一件见不得人的事，内心的滋味是复杂的。我宁可希望父母忘了我的生日，不要有这种"特殊化"，但这种希望总是落空，因为父母的心里牢牢地记着孩子的生日，尽管他们从不记取他们自己的生日。

　　长大后，我没有"庆生"的习惯，尽管我从不反对别人庆生。在特定的场合，有人记住我的生日，并给予我意外的惊喜。我的身份证号码像是一个管不住嘴巴的长舌妇，向别人吐露了我的出生信息。我在感动之余，添了一种愧疚的心情，因为我的生日，给别人带来了拖累和额外的负担。

　　不庆生并不意味着遗忘，我把自己的生日过成了"感恩节"，感恩父母，感恩天地。岁月流逝，一个个"感恩节"不断地叠加，我儿时成长的欣喜早已荡然无存，内心更是添了一种莫名的惶恐，对生命多了一种敬畏，对时光多了一份珍惜。

鹰的眼

　　一个风和日丽的午后，我家喂的鸡群在院子里悠闲地散步，惬意地发出"吱吱吱"的叫声。地面上残留的谷粒时不时点亮了它们的眼睛，它们如同一个穷光蛋意外地发现了金子，迫不及待去啄食。

　　当时，大人都外出了，家里只有我留守。猛地，我听到院子外响起异乎寻常的动静。先是似乎有一团阴冷的气旋登陆，紧接着，院子里的鸡群四处逃窜，发出惊恐不已的叫声，其中一只鸡叫得特别凄惨。

　　什么情况？我顿时警觉起来，以迅雷不及掩耳之势，冲出门外。冷不防地，我看到老鹰抓住了一只小鸡。老鹰捉小鸡的游戏我玩过多次，但真正的老鹰还是第一次见到，并且是在如此近的距离之内，身子不由得一阵抽搐。相对于小鸡，老鹰好像一个庞然大物，在地面投下巨大而浓重的阴影。小鸡被老鹰尖利的爪子抓住，浑身哆嗦，徒劳地挣扎着，发出绝望的号叫。老鹰也注意到了我，迟疑了一下。四目相对的那一刹那，哐哐当当。它的目光深邃而尖锐，似乎藏着一对锋利的刀子，被它瞅一眼，感觉身上凉飕飕的，可能少掉了二两肉。很快，我就镇定下来，想起母亲教我的办法，忙不迭地手拍脚跺，嘴里发出"噢嗬噢嗬"的声音。老鹰似乎受到了惊吓，撇下小鸡，慌忙起飞。它的身影在空中越变越小，越变越小，最后隐没在云天之中。天空中，没有留下它的一丝痕迹。它本想神不知鬼不觉地掳走一只鸡，不料半路里杀出一个程咬金，好比一个窃贼进室偷窃，却发现主人在家，只得悻悻离去，空手而返。

　　仍然是风和日丽，只是经过了一番空气的振动，一切似乎都没有任何变化，可怜那只来不及逃走的小鸡，身上却多了一道伤痕，惊魂未定地躲到树荫下，独自舔着生活的疼痛。好在我及时赶到，要不然，它就葬身"鹰"腹了。

　　那个午后也改变了我，我似乎成了那只倒霉的小鸡，心上添了一道抹不掉的伤痕。有时候，一种意料不到、突如其来的痛像一枚钉子一样，刺入你的肉体，钻入你的生活，不容抗拒，难以躲避……

　　生活中，有阳光，也有阴影；有和平的鲜花，也有致命的威胁。在天空的深远处，在云层之上，在目力不及的地方，隐藏着一对锐利的眼睛。它在俯视你的生活，你的一举一动，都逃不过它的眼睛，而你却忽视了它的存在。你不知道，它何时俯冲下来，向你发动攻击，瞬间撕裂、吞噬你的生活。在你纵情狂欢的时候，它独自躲在云间，像人一样发出阴冷的笑声……

游泳的启示

　　小时候，我不会游泳。看到同龄的小伙伴像鱼一样在水里欢畅地游来游去，站在岸上的我羡慕极了。

　　有一次，我实在禁不住水的诱惑，战战兢兢地下了水。但我只敢在浅水处来几个经典的"狗爬式"，从不敢越雷池一步。我故意溅起很大的水花，弄出点动静，以显示自己也有点能耐。

　　同伴在深水区游泳，有意做出各种花样，卖弄本领，一会儿蛙泳、一会儿仰泳，一会儿蝶泳，装做很过瘾的样子。他们一个劲地朝我喊道："到里面来啊！到里面来啊！"

　　我知道自己几斤几两，便没有响应。

　　见我没有听从，他们又纷纷讥笑我，说我是个"胆小鬼"。

　　有一位同伴，不由分说，拉起我就往深水区跑。我惊慌失措，拼命往浅水处挣扎。在这过程中，我被呛了几口水，很是难受。快要进入深水区域时，我挣脱了他的牵扯，狼狈地逃回岸边。从此以后，我对水更是有了几分畏惧。

　　同伴一如既往地在河水里自由自在地游泳，溅起簇簇水花，传来阵阵欢笑。我心里不是滋味，既佩服他们游泳的技能，又因自己不会游泳而生发出自卑。我自言自语地说："什么时候，我也能像他们一样，在水里自如地游来游去呢？"

　　又有一次，我在岸上看伙伴们游泳。这时，我的一位同学刚好从岸边经过。他这个人平时喜欢整蛊同学，爱做恶作剧。他知道我不会游泳，猛然把我往河里一推。

我跌至水中，顿时慌了，两眼一黑，手忙脚乱……一番忙乱之后，奇迹出现了。我并没有沉入水底，而是慢慢地浮了上来，有惊无险，安然无恙。

照我落水时的动作比划，我惊喜地发现自己会游泳了，进入深水区也不害怕了。我觉得游泳并不是一件很难的事。从此，我对水的畏惧抛到了九霄云外，感觉水是那样的和蔼可亲。

在绝境中，因为求生本能的驱使，我的勇气得到了最大程度的激发，我的潜能得到了最大限度的发挥，因而，在极短的时间内，我实现了自我超越。

那位做恶作剧的同学，虽然其行为不足为训，但我对他充满了感激，因为歪打正着，他意外的举动使我有了意外的收获。

由此，我想到了学习。假如我们每一个人，在学习的道路上，也能拿出绝境求生的决心，破釜沉舟，毅然决然，全力以赴，调动自己的潜能，那么，还有什么困难不能克服呢？还有什么能够阻挡我们前进的步伐呢？我们每一个人，都会欣喜地看到成长的自我，飞跃的自我，崭新的自我。成功，那是指日可待之事！

（原载《广东教育·高中》2017 年第 4 期）

与酒同眠

———

　　到了腊月，家家户户忙于过年的各种准备，打豆腐、磨魔芋、杀年猪、办年货、扫堂霉……在我家，还有一项必不可少"工程"——酿酒。酿酒有一定的技术要求，不是每家每户过年前都酿酒的。我母亲是当地酿酒的好手，酿过很多缸酒，很少失手过。

　　母亲酿的那种酒，叫糯米甜酒，口感醇甜，风味独特，营养丰富，老少咸宜。它不仅是农家珍贵的特产，也是乡村难得的补品。在甜酒里加上红糖、红枣、枸杞等，再打一个鸡蛋，不仅味美，而且特补。当地产妇坐月子期间，就靠甜酒来滋补、调节身体。在食物短缺的年代，酒糟亦可成为一道菜肴，品尝过后令人回味无穷。

　　在甜酒中加入适量水，浸泡一段时间，就成了水酒，家乡人称之为老酒。因为相对于甜酒，它的酒精度数要高出不少。老酒色泽清亮，芳香扑鼻，醇浓爽口，往往是家庭中男主人的最爱。家里蒸有两缸好酒，省着点喝，一年到头，酒缸不见干涸。没有酒钱，照样喝着小酒，哼着小调，日子照样过得潇洒快活。贫寒的生活也能飘出动人的歌。酿有酒的人家，容易成为羡慕的对象，因为他的家里，酒香弥漫，酒缸深不见底。

　　酿酒离不开发酵的酒曲，母亲称之为"酒药"。没有它，饭就是饭；有了它，饭就能变成酒。它就像是魔术师手中的道具，离开了它，再高明的魔术师也变不成魔术。母亲用的"酒药"是自己制作的，系她从山野中采集十多种草叶，晒干碾碎之后，再加上米粉搅拌而成，绝对的纯天然，真正的零添加。有一年，母亲还从外地引来几棵能做"酒药"的草株，种在家门前的空地上。我从家门里飘荡的草香中，总能闻出来几缕酒香。

灶房里，柴火熊熊；蒸笼上，热气腾腾。母亲准备酿酒了。糯米蒸熟后，冒出的清香不停地给我挠痒痒，把我心里的馋虫都挠出来了。我在酿酒现场蹦来跳去，好想尝一口喷香的糯米饭。母亲猜出了我的心思，捻一个糯米团塞进我嘴里。糯米饭又香又糯，我没怎么嚼，一骨碌就吞了下去。吞下去之后，我又有点后悔，那么好吃的糯米饭，我怎么不多嚼一会呢？比起光米饭，糯米饭要好吃多了。另外，比起煮熟的饭，蒸熟的饭也要香一些。蒸熟的糯米饭要是由我吃，不要菜，我都能吃好几碗。

糯米饭冷却一段时间之后，母亲时不时地用手指去试探饭的温度，以便掌握放"酒药"的时间。放"酒药"的时候，糯米饭的温度既不能过高，也不能过低。温度的高低，不仅影响到酒的好坏，甚至决定酒的成败。母亲择定一个最佳的温度，将事先浸花的"酒药"均匀地洒在糯米饭上。此时，"酒药"的温度与糯米饭的温度大致相当。"酒药"的分量要恰到好处，过多或过少都不好。过多，酿出来的酒可能比较老；过少，酿出来的酒比较淡，或者根本酿不出酒。母亲经验比较丰富，一斗糯米要配多少"酒药"，她自然心中有数。当然，"酒药"的多少也依个人口味而定，喜欢喝老酒的，"酒药"不妨多放一些。

接着，母亲将放有"酒药"的糯米饭装进酒缸，密封起来。然后，她将酒缸移到没有那么冷的里房。当时，屋外寒风凛冽。母亲生怕酒冻坏了，用宽大的棉衣将酒缸严严实实地包裹着。她又怕酒不够暖和，在棉衣外面，又裹了厚厚一层稻草。酒就像是旧社会弱不禁风的小姐，稍遇风寒就会"感冒"。人感冒了，问题不是很严重，过几天就康复了；酒"感冒"了，就有可能变成饭渣，前功尽弃。它又像是旧社会任性的千金，使着自己的小性子，想怎样就怎样。因此，即使是经验丰富的酿酒师，也不敢保证每缸酒都百分之一百地酿成功。

　　第二天，我在里房里出出进进，已经闻到飘逸的酒香。我知道，母亲的酒酿成功了。酒香一而再，再而三地怂恿我，尝一尝新酿的甜酒。恰好，这一天，母亲不在家。我到底没有抵挡住甜酒的诱惑，像一个"偷酒贼"，偷偷地扒开稻草，扒开棉衣，打开了酒缸。浓郁的酒香扑鼻而来，我不由自主地深呼吸，整个心田都快要醉了。第一眼，我就看到了"酒娘"。"酒娘"率先完成了从饭到酒的蜕变，然后对"酒的子孙"发出了深情的召唤。"酒的子孙"听到了召唤，不辞劳苦，全力以赴，在茫茫黑暗中勇敢探索，走着一条从未走过的路，从谷神掌管的区域出发，如期赶到了酒神的地盘，加入了酒的盛会。我迫不及待地用勺子舀了一勺，放进嘴里。清甜可口，好酒！接着，又是第二勺、第三勺……我不敢在一个地方舀，挖出一个深坑来，被母亲发现破绽，而是每个地方都均匀地刮取一点点。我没有记自己到底喝了多少勺，只感觉脸皮发烫。甜酒好喝，但也有一定的后劲。我不知不觉地喝醉了。生怕母亲发现我偷吃，我又依样画葫芦，将酒缸封好、包裹好。之后，我想离开里房，谁知头重脚轻，一头歪倒在稻草上……

　　不知什么时候，屋外飘起了雪花，轻轻地覆盖着大地，也覆盖着我香甜的梦……

远去的打铁声

上学路上，有一家铁匠铺。临近铁匠铺，便有叮叮当当的打铁声溅入耳内。走到铁匠铺门口，我往往会驻足片刻，好奇地朝里面瞅几眼。因为生怕上学迟到，我又不敢停留太久，催自己抽回目光，匆匆赶路。

放学后，照例要途经铁匠铺，我不像上学路上那么匆忙，显得悠闲多了，脚步往往在那里生了根，目光定格在铁匠师傅身上，一看就是老半天。因为长时期烟熏火燎的缘故，铁匠师傅皮肤黝黑，打铁的耐性又磨炼了他，使他显得镇定、从容。

铁匠铺的装备有点简陋：一个烘炉，一只风箱，一方底气十足的铁砧。烘炉的炉膛很大，可容纳不少煤块。风箱紧挨着烘炉。铁匠师傅气定神闲地拉着风箱，风箱的拉杆被磨得闪闪发亮。风箱像一个哮喘病发作的病人，发出"呼呼呼"的声响。炉膛内，火光熊熊。在风箱的鼓吹下，炉火越烧越旺，火苗越蹿越高。

铁匠师傅一边拉着风箱，一边观察炉膛内铁料的火候。火候一到，他左手握起铁钳，眼疾手快地夹起铁料，放在铁砧上，右手则握着一把小叫锤，迅速敲打铁料。这时候，在一旁等候的铁匠师傅的儿子，抡起大铁锤，连忙上阵。小叫锤打向哪里，大铁锤随后就打向哪里；小叫锤在前面引路，大铁锤在后面亦步亦趋。铁匠铺内，叮叮当当，火星四射……俗话说趁热打铁，就是说趁料铁烧得通红的时候，分秒必争地锻击。等到铁料由红变暗，打铁声也就停歇下来。铁匠师傅将铁料重新放入炉膛内，等待下一次的锻击。俗话又说："打铁还要自身硬。"铁匠师傅身材魁梧，身子硬朗，他抡大锤的儿子更是虎背熊腰，身强力壮，将大铁锤舞得呼呼生风。打铁既是一项技术活，更是一项体力活。没有强壮的体魄，不可干打铁的营生。

铁料反复锻击之后，一只铁具初具雏形，或是一只锄头，或是一把菜刀，或是一个锅铲……那时候，乡村农业生产和生活所需的铁器，大都诞生在铁匠铺里。

锻击的工序完成之后，铁匠师傅猛地将滚烫的铁器往冷水里一激。伴随着腾起的水汽，只听到一阵"嗞嗞嗞"的声响。这是必不可少的一道工序，据说这样可以使铁器变得坚硬耐用。铁匠铺的角落里，摆着一个装满水的铁皮桶。它不露声色，似乎是一个可有可无的角色。一到关键时刻，它可派上大用场了。铁皮桶里的水因为盛放太久的缘故，变成了绿莹莹的一片。

接下来就是开刃，这个工作往往也是由铁匠师傅的儿子来完成。开刃完工，他用手指头在刃口上刮来刮去，试探刀刃是否锋利。最后，为了让铁具变得精美，铁匠师傅还要精心打磨一番。

我曾长时间地在铁匠铺门口停留，目睹了一只铁具诞生的完整过程。离去时，发现天已薄暮，脚底有点发麻。我竟然看得如醉如痴，忘记了饥饿，忘记了疲劳。

后来，铁匠铺倒闭了，只剩下一堆破铜烂铁和满地的铁屑，清脆响亮的打铁声逐渐远去了。听到这个消息，我竟然感到一阵莫名其妙的疼痛，好比无可奈何地失去某样曾经拥有、无比熟稔的东西。从某种意义上说，铁匠铺支撑了农业的兴盛，支撑了农村的兴旺。是铁匠，给田园牧歌般的乡村生活植入了铁的元素。铁匠铺的消逝，意味着乡村的衰落。

那对打铁的父子，据说也有了别的营生。只是，没有铁打了，铁匠师傅衰老得特别快。他常常孤独地徘徊在夕阳里，神情恍惚。他大概特别怀念那段打铁的岁月。

在某个夜阑人静的时候，我体内突然响起叮叮当当的打铁声，我感觉自己越来越结实，越来越有精神。用手一摸，我摸到了一副铮铮铁骨……

砧板之歌

小时候，过年时少不了吃雪花丸子。它是家乡的一道特色菜。制作雪花丸子，先选上等的五花肉，瘦肉和肥肉的比例为七比三。首先，将肉剁成肉泥。再将精选的糯米浸泡成半透明色。把肉馅揉成一个个大小适中的圆球，粘上糯米，置于锅中蒸熟即成。肉丸子状如毛茸茸的雪球，故名雪花丸子。它吃起来甜酥软嫩，是我儿时的最爱。

大年三十夜，父亲在砧板上斩丸子。他知道我们都喜欢吃，准备做好多的雪花丸子。肉全部要剁得细细的、碎碎的，需花费不少工夫。刀剁在砧板上，叮咚作响，铿锵有力，不绝于耳。父亲在剁肉的同时，进行即兴创作，并且在砧板上表现出来。砧板似乎成了一件乐器，能击打出有节奏、有韵律的音乐。因而，父亲在斩丸子时，我能够欣赏到独特而动听的歌声。这项枯燥乏味的劳动，父亲把它变成了一项艺术创作。

父亲颇有音乐天赋。三岁时，就会拉二胡。他的二胡演奏，在当地是一绝。他虽然没有经过正规的科班训练，亦能填词谱曲。我在念初中的时候，镇上要举行歌咏比赛，可是全校没有一个音乐老师。最后，父亲被请去了，充当临时的音乐老师，将要参赛的曲目一个班一个班地教唱。父亲的音乐才能没有更大的舞台发挥，英雄无用武之地，愁苦而终穷。在过年的时候，在举家欢庆的日子里，父亲似乎放下了心结，心情轻快起来。砧板仿佛一个刺探，能够掌握他内心的阴晴圆缺。

大年夜，窗外飘着雪花，而屋内炉火熊熊，暖意融融。灶锅上，热气腾腾，香气四溢。父亲在火炉旁斩丸子，一支悦耳动听的歌飘荡在我的耳旁。我心里想，这砧板之歌，是喜庆的过年歌，也是吉祥的迎新曲，还是温馨的爱之歌。父亲用心地做雪花丸子，把对子女的爱、对家庭的爱融入其中。怪不得父亲做的雪花丸子，特别好吃，怎么吃也吃不腻；怪不得父亲的砧板之歌，听起来别有韵味，饱含深情，全是"爱"的缘故。我希望父亲斩多一点，再斩多一点，斩久一点，再斩久一点，因为我希望这砧板之歌一直绵延下去……

父亲去世之后，我觉得家再也不完整了，过年都没有好心思。每每在辞旧迎新的时候，厨房里的刀板之声响起之时，父亲的砧板之歌就在耳旁萦绕，我就更加怀念我苦难的父亲。

致敬魔芋

在我的童年记忆中，牛肉炒魔芋是一道难得的美味佳肴，只有在过年过节或是干喜事的时候，才能一享口福。牛肉比较贵，在当时的乡间算是一种奢侈品，因而能吃到的机会并不多。即使是牛肉炒魔芋，往往也是牛肉少而魔芋多。而魔芋却较为常见，也不贵，因而经常能吃到。尽管不是牛肉炒魔芋，能常吃到魔芋就已经感到很满足了。

有一年，母亲在地里种上了魔芋。没过多久，魔芋苗就钻出了地面，生机勃勃。渐渐地，它长成了一棵葳蕤的树苗。待魔芋树苗枯萎之后，时令进入了十一月份，这时可以挖魔芋了。母亲没费什么劲，就从地里挖出来几个大魔芋。将它们磨成魔芋浆，划成一小块一小块，一直吃到过年的时候。

第二年，母亲在种植魔芋的地方松土，又有几个魔芋活蹦乱跳地滚了出来。

"是上一年没有挖干净的吗？"我对此感到好奇，便问母亲。

"不是的！魔芋的根茎留在地里，它又会长出新的魔芋。"

原来如此！我惊讶于魔芋顽强的生命力。

到了第三年，还是在原来种植魔芋的地方，母亲又挖出来几个魔芋。

只要不毁坏地里魔芋的根茎，第四年、第五年、第六年……都能挖取到魔芋。因此，种魔芋成了一种一劳永逸的劳动。只需种一次，年年都有收成。

魔芋的生命力可谓神奇。只要魔芋的种子在泥土里扎下了根，它们就会世世代代繁衍下去，子子孙孙，无穷无尽，无休无止……它们不屈不挠地生长着，小心翼翼地守护着生命的秘密，默默地延续着生命的奇迹。在黑暗的地底下，它们生命的光芒万丈；它们尽管闷声不响，但生命的跫音不绝于耳……

我从此对寻常的魔芋另眼相看，并对它们充满了深深的敬意。

竹叶飒飒

　　我家屋后有一块空地，喜欢摆弄花草树木的父亲不失时机地在那里密密麻麻地种上了各种树木。几年过后，那里俨然成了一片小树林。尽管如此，父亲总觉得缺少什么，又不知从哪儿移来了几根竹子，种在小树林的边上。"宁可食无肉，不可居无竹。"这是父亲的口头禅。竹子的生命力顽强而旺盛，不断繁衍壮大，没几年就长成了一片小竹林。

　　夏夜的晚上，我们喜欢在竹林里乘凉。房间里酷暑难耐，而竹子却摇曳出了一方清凉。皓月当空，竹叶像一把把剪刀，在地上剪下了斑驳的叶影，像是带有乡土气息的民间音乐。

　　雨后的竹林，更是青翠动人。竹叶上擎着的雨滴，像是璀璨的珍珠。我常常约上小伙伴，来到竹林里玩耍。有时候，我也爱玩点恶作剧。趁他们都没注意，我冷不防地摇动竹子，自己则以迅雷不及掩耳之势跑开，雨点噼噼啪啪地落在他们身上。他们有点恼怒了，一窝蜂地追赶我，似乎要找我"算账"。我要是他们，被淋上那么晶莹、还带着竹叶清香的雨滴，绝不会生半点气。

　　在春天，应和着春雷的节奏，竹林里冒出了高高低低的竹笋。父亲将大多数竹笋都挖掉了，留下的竹笋很少很少。我心里很有点不舍，它们原本也可以长成一棵棵参天的竹子啊！我问父亲："为什么要将它们挖掉呢？"父亲说："这里空间非常有限，如果把它们都留下来，它们就会在上面争阳光，在下面争泥土，结果都长不高，长不大……"原来如此！

133

那些被保留下来的竹笋无疑是幸运的，它们的生存空间建立在其他竹笋的牺牲之上。其实，那些被挖掉的竹笋，相比那些被保留的竹笋并没有逊色多少，同样是茁壮的生命，只要得到命运的垂青，它们中的任何一根都可以成材。

我由此想到了社会上的精英，并对"精英"有了新的理解。精英之所以能成为精英，固然与他们的天分与努力分不开，但不能否认的是，他们拥有并且使用了更多更优质的资源，无论是在生活上，还是在学习上。而社会上的资源总是有限的，少部分人使用了很多的资源，其他人能使用的资源相对就少了。我最为反感的是，少数精英一旦爬到了高位，就趾高气扬，不可一世，对底层大众嗤之以鼻，似乎不屑一顾。殊不知，如果没有普罗大众作铺垫，如果没有他们的牺牲，社会上还会有精英存在吗？

竹林里，竹叶飒飒，它们是在向夭折的竹笋致意吗？

竹子的命运

我家屋后有一座小山，山上有一片茂密的竹林，郁郁葱葱，宛如一块翡翠。竹子们肩并肩地站在一起，好像兄弟一样亲热。在月光很好的晚上，它们快乐地摇曳着美丽的清影，合唱着一首翠绿的童谣。它们这时正处于儿童时期，尽情享受着童年的美妙。

渐渐地，它们长高长大了，成材了，它们的命运也开始发生了分化。

一根上好的竹子首先被取走，做成了一支精致的箫。长沙一位民乐专家见到它后，爱不释手，硬是将它买走了。

接着，另一根竹子被取走，做成了一个吹火筒，放置在火塘边。

其他竹子，则被一个篾匠全买了下来。它将它们统统取走，破成篾片，编成竹席、竹篮、竹筐等器物。为了卖个好价格，篾匠不辞劳苦地将它们运到城里。让他略感意外的是，这些竹器受到了城里人的青睐，很快就被抢购一空。

我在想，当初的那一片竹林，就如同我念小学时的同班同学，大家先前朝夕相处，亲密无间，毕业后却各奔东西，命运各不相同。

那支被民乐专家奉为宝贝的箫，就好比我们班上漂亮的翠花，听说她嫁给了深圳一位富豪，生活悠闲而浪漫。

而火塘边那个吹火筒，就好比留守老家的二彪，尽管要经受烟熏火燎，但日子过得温暖而实在。

进入城里的竹器，就好比在沿海打工的众多同学。他们离乡背井，任劳任怨，在城里安身立命。

　　同学毕业之后，各自沿着自己的生活轨道往前走，很难再聚在一起。即使好不容易聚在一起，当年的亲密早已荡然无存，彼此间生分不少，大家往往都言不由衷。假使箫、吹火筒和竹筐聚在一块，它们能有多少共同语言？它们还能像儿时那样亲密无间地说悄悄话吗？不知它们还记不记得在童年的月夜里合唱歌谣的情景。

　　而我，作为一个竹筐，也来到一个叫广州的城市，实现了从农村到城市的转移。大概是因为我还有点用，所以暂时还未被城市抛弃。我今后的命运会如何，我不敢去设想。不知为什么，在城里待久了，我非常向往那片生我养我的土地，渴望回到我魂牵梦萦的故乡。假使我能够重新选择一次，我将毫不犹豫地像二彪那样，做一个吹火筒，决不离开家乡半步。尽管因为生活冒出的浓烟，我也会流泪，但更多时候，我都会憋着劲，帮助农家燃起火红的希望。令我感到安详和幸福的是，在火塘边，我还能听见山林的涛声，还能望见童年的月色。

追赶的棍子

厌倦了头顶那方手帕大的天空，厌倦了身边铁桶般沉闷的生活，年轻的心渴望四处流浪。

暑假的一天，我终于踏上了流浪的行程。我悄悄地准备了一些干粮，心里想："我在外面没钱吃饭，带点干粮不至于饿死。"临走前，我跟家里人说，我去同学家住几天。

我沿着铁轨机械地走，铁轨将带我去远方。说实话，我不知道，我到底要去哪里。其实，我心里头一直在犹豫，到底要不要出远门？

走到一个车站，刚好有一列火车进站。不管它朝哪里开，我都要上车。跟着拥挤的人流，我混进了车厢里。我没带多少钱，为了省点路费，没有买车票。

火车喘着粗气、咣当咣当驶了大概两个来小时，终于停住了。我赶紧下了车。我不敢走太远，担心走不回来。另外，我是逃票的，担心被查到。

下车后，我沿着马路走，漫无目的，东游西逛。白天，倒容易对付，走到哪里算哪里。天黑下来之后，我就发愁了，哪里是我的安身之处呢？我没有多少钱，住不起旅舍。马路上，行人渐渐稀少。街道上亮着的灯，一盏盏熄灭。我知道，夜已深了。我走得筋疲力尽，双脚好像从身体分离出去，不再属于自己。这时，我看到街道旁边有个住宅小区，便拐了进去。也许是太累的缘故，我一头栽倒在一户人家的门前，沉沉地睡了过去。

　　猛然，我被一阵急促的脚步声惊醒，睁开眼睛，只见一团黑影持着一根棍子朝我扑来。我一个激灵爬起，撒腿就跑。我不敢回头，担心头上挨一棍子，只是拼命地飞奔。这时，天已微明，但空阔的马路人没有行人，我飞奔的脚步声溅醒了街道。不知道跑了多久，也不知道跑了多远，只觉得天越来越亮。听到身后再没有脚步声追上来时，我才渐渐地停了下来……

　　追赶者或许是房子的主人，他起床后，发现一个蜷缩在家门前的黑影，以为来了一个窃贼，不由分说，操起一根棍子，准备迎头痛击。我只是借他的屋檐睡了一晚，没有动过他家的一根草。可是，不容我辩白，我惟有逃跑。否则，我就会挨揍，轻则受点皮外伤，重则落成残疾。

　　天完全亮后，我就踏上了回家的路程。这一段经历像一个秘密，被我沉沉地压在心底，从未向任何人吐露。

　　从此，追赶的棍子成了我心头挥之不去的梦魇。我经常在梦中奔跑，因为身后有一根棍子在张牙舞爪，我稍一迟疑，棍子就会像一条恶狗一样咬住我，将我咬得皮开肉绽，我惟有拼命地跑，方能免除皮肉之苦……醒来，我常常发现自己一身的冷汗。因为在梦中不停地奔跑，天亮后，我发觉自己浑身乏力，又昏昏沉沉地睡了过去。睡着后，我又止不住奔跑起来……

　　长大后，我仍时不时做被追赶的梦。在梦中赶我的，不再只是一条棍子，而是树林里的所有树木，它们仿佛长了脚一样，步履匆匆，浩浩荡荡。我惟有一路狂奔，方能将它们甩开一段距离。在梦中，它们似乎永远也够不着我，但我必须毫不松懈、没完没了地跑下去……

最幸福的人

在乡间，花生是一种寻常的食物，也是一种较为珍贵的食物。那时，农村也有种植花生的，但种的人极少，大多数家庭要花钱去买。凡是需要用钱去买的东西，都变得有点稀罕，因为那时乡亲们普通不富裕。

过年过节，家里有客来访，主人往往会端上一盘瓜子花生待客。大户人家，用的是大盘子；小户人家，用的是小盘子。富有的人家，盘子里花生多；寒碜的人家，盘子里瓜子多。瓜子花生，既可以当点心充饥，也可以下酒。

花生个大仁香，大人小孩都喜欢。瓜子虽然吃起来也香，但仁太小了，一颗瓜子仁塞牙缝还不够。有时，费力气将瓜子掰开了，瓜子仁却像杂技演员一样，蹦去了别的地方，好不扫兴。

小时候，客人来到我家里，我心里就止不住高兴。瓜子花生端上桌来，托客人的福，我也可以蹭几颗花生解馋。但母亲看到我拿花生时，就一个劲地朝我使眼色。我理解母亲的意思：盘子里花生本来就不多，拿完了，客人就只有瓜子吃了。母亲希望我克制一下吃花生的欲望，多留些花生待客。

因为花生不容易吃到，所以，我那时特别珍惜。一颗花生仁丢进嘴里，我往往要先含一会，舍不得立刻吃掉。然后，将它咬成两半，吃完一半，再吃另一半。这样，花生在嘴里的时间就大大延长了。如果花生仁不小心掉在地上，我一定会将它捡起来。剥掉外面的一层红衣，里面的肉干净着哩。

上学的时候，班上若有谁口袋里装着花生，他立刻就会成为大众瞩目的焦点，成为"高大上"的人物。花生的香味像是毛茸茸的手，挠得我们心神不宁，把我们的小馋虫全挠了出来。下课后，大家都围着他转，像众星拱月，期盼他善心大发，赏一两颗花生。得到花生的，乐得屁颠屁颠；没有得到花生的，对他恨得咬牙切齿。

碰到谁家娶媳妇或嫁女，孩子们都去凑热闹。在婚礼现场，新郎和新娘会派发喜糖和花生。花生含有"早生贵子"的意头，因而是少不了的。办好事所买的花生都是上好的，花生仁饱满壮实。因为他们都想抱上一个红头花色的胖娃娃，谁都不想生个瘪头瘪脑的孩子。

花生仁吃完了，花生壳却舍不得随手扔掉。在孩子们的眼里，它们也是玩具啊。在花生壳中间开一个小口子，夹在耳朵上，一边一个，好像戴上了一对耳环。如果几个小朋友手里都有花生壳，我们还会进行"戴耳环比赛"，看谁的"耳环"戴得久。

去到山上种植有花生的人家里做客，热情的主人端上来整盘花生。我往往顾不上矜持，放开肚皮吃。花生个头大，在盘子里占地方，一碟花生其实并不是很多。盘子快要见底了，主人又添一盘子。他家的花生仿佛吃不完似的。离开的时候，主人又端来花生盘子，让我带回家。我当时那颗小小的心啊，被天大的喜悦盛满了。努力将口袋胀到最大，以便装得最多。在装花生的过程中，主人一边装，一边摇，以便装得最满。我幸福得晕头转向，连声说："您太客气了！您太客气了！"主人笑着说："客气什么，自家种的，不值几个钱！"装满了左边的衣口袋，再装右边的衣口袋；装满了左边的裤口袋，再装右边的裤口袋。装着四口袋鼓鼓囊囊的花生，蹒跚地往家里走，像一只企鹅一样。路上不能走太快，否则口袋里的花生会骨碌碌地滚出来。那时候，我觉得我是世界上最富有的人，世界上最幸福的人。

第二辑 童话散文

不翼而飞的树

若干年前，我家屋后的青山里，发生了一件离奇之事：一夜之间，几十棵古树通通不翼而飞，只留下几十个空洞、表情木然的深坑……

起初，人们的第一反应是，窃贼进山了，盗走了古树。他们也太猖狂了吧！可是，很快，人们就发现了不对劲的地方。古树长得很粗壮，要将它挖走、运走绝不是一件轻松容易的事，更何况不只一棵，而是几十棵。"盗取"这么多古树，需要一队浩浩荡荡的人马，他们在夜里不可能不弄点动静出来。可是，离那里很近的山民，当天夜里没有感觉到任何异常。平时在夜里，山民养的狗时不时对着青山莫名其妙地吠几声，那一夜，狗出奇的安静，一声不哼。

这种说法受到怀疑之后，人们产生了一个大胆的推测：是不是外星人干的？外星人要这些木材干什么呢？让人一头雾水。

我突发奇想，也许，这些古树是组团去旅行了。它们在同一个地方待了几十年，一步都没有挪，肯定非常渴望到处走一走。它们如果跟的是不正规的旅行社，在购物点没有消费一定的数目，我担心它们会挨揍。因为它们身上没有钱，有的只是树叶。如果拿树叶当金币去使用，店家肯定会骂它们"神经病"。不过，凭我对树的了解，它们不太可能跟团，因为它们不喜欢像鸭子一样被赶来赶去。它们渴望自由，渴望飞翔。你看它们的树叶，都是绿色的羽毛；你看它们的朋友——小鸟，绝对是天地之间自由的旅行家。小鸟或许给过它们提示：要出去玩，最好别参加旅行团，自由行！

　　假如全世界的树联合起来，同时出去旅行，就有可能把地球拽起来。整个地球，是它们共同的旅行袋。我希望它们把外星球选作旅游目的地，那样的话，沾它们的光，托它们的福，地球人也能去外星球走一走，看一看。

丢失的棉花糖

小时候，我最喜欢吃棉花糖了。

棉花糖擎在手中，像擎着一朵洁白的云。我紧紧地攥住串起棉花糖的小棍子，生怕它不小心就飞走了。

我舍不得一下吃光它，放在嘴边慢慢舔，久久地回味。

有一次，我正在吃棉花糖，猛地刮起一阵大风，我没防备，棉花糖从手中飞了起来。

"棉花糖，我的棉花糖！"我大叫着去追赶。

它飘到哪里，我就追到哪里。

可风似乎越刮越大，棉花糖越飘越高，越飘越远……我眼睁睁地看着它越变越小，最后消失在我的视野里。

自己都舍不得吃的棉花糖，却被不讲道理的风夺走了，我对风有几分恼怒。它来拂我的脸蛋时，我都不理它。

我不甘心地在棉花糖消失的地方寻找，只见白云飘来飘去。我心里想："我的棉花糖，也许变成了白云。"

没事的时候，我常常仰望天空，追寻白云的行踪，看哪一朵云是我丢失的棉花糖。它狡猾得很，混迹在白云中，优哉游哉，任我仰酸了脖子，看花了眼，都没能将它找出来。

我总觉得，天空欠我一束棉花糖。

渐渐地，我长大了；渐渐地，我又老去了。

回首人生，几十年光景一晃就过去了。我变成了一个白发苍苍的老人，但童年吃棉花糖的情景还历历在目，仿佛就在昨天。

一天，我倚着窗口，看云卷云舒。忽然，有一朵白云朝我飘来，越飘越低，越飘越近……我觉得它很眼熟，似乎在哪里见过它。

它飘到窗口的位置了，我一把抓住它。原来，它就是我丢失的棉花糖。

我放在嘴边舔了舔，嘿嘿，还是童年的味道！

丢失的影子

小时候，我喜欢跟自己的影子玩游戏。影子就是我的跟屁虫。我走得快，它也走得快；我走得慢，它也走得慢。我走到哪里，它就跟到哪里。有一回，我突发奇想，想把影子甩掉，于是跑得飞快，像一阵风似的。我跑得气喘吁吁，猛地一回头，发现影子还是跟上来了。我跑出了一身汗，不知影子出汗没有。

当我躲进一个漆黑的山洞里时，我发现，我的影子不见了。哈哈，我总算将它甩掉了，心里莫名其妙涌出一阵得意。我有意在山洞里久待一会，让影子寻找我。它找来找去，找了好久，找不到我，一定非常着急。我还担心，要是它走去别的地方，走丢了，那我怎么办？我于是走出山洞，它立刻就找到我了。我跟影子在玩捉迷藏的游戏。

另外，我还发现，我在转弯的时候，如果转得太急，影子不容易跟上来。于是，我在走巷道时，故意拐急弯。影子一时没跟上，似乎有点发慌，好在它反应快，到底还是跟上了我。但是我看到它那副跌跌撞撞、风风火火、狼狈不堪的模样，心里就止不住发笑。

离别家乡时，我在山路上走得太急，走得太快，在拐弯时，很有可能有一小截影子光顾着看路上的风景去了，结果没有及时跟上来。

我来到城市后，总觉得缺少点什么，原来是我把一小截影子丢在山路上，丢在故乡了。可是我一时又回不去，没法将丢失的那截影子找回来，只好将就将就了。

　　不知那截丢失的影子在哪里，留在故乡的土地上游荡，还是跑去异地流浪？

　　再后来，因为忙，因为生计，我压根就忘掉了影子的事，更不关心它去了哪里。

　　在茫茫人海中，在忙忙碌碌之中，我迷失了自我，看不清自我的面目。我心想，糟了，是不是年少时丢掉的那截影子的缘故？我后悔没有及时将它找回来。现在倒好了，连整个人都丢了。

　　有一年，我在吴哥窟旅游。蓦地，我发现一截影子似曾相识，心中一喜。莫非它也出国旅游了？想不到，人生何处不相逢！但是，很快，我就弄清楚了，那是神像的影子。或许，它在四处流浪之后，最后附在了神像的影子身上。我端详着神像，看到它百孔千疮，伤痕累累，心中一阵莫名的酸楚。与其说我是感怀残破的神像，不如说我是在感怀沧桑的自己。或许，那尊残破的神像就是我自己。

　　我在那里流连，想让那截原本属于我的影子跟我回去，可是隔了那么久，它压根就不认识我了。无论我怎么做它的思想政治工作，它都不理睬我。最后，我没辙了，只好带着残旧的自我，怅然地离去……

冬瓜

在田间地头，在山野，有时冷不防遇见一个呼呼装睡的大冬瓜，心里忍不住想笑，喜爱之情油然而生。

它似乎在跟我捉迷藏，随便扯几片叶子、几把茅草盖住自己，一声不哼地躺在那里。可是我觉得它藏得有点拙劣，要么露出了脑袋，要么露出了屁股，我轻易就能找到它。

它一身雪白，胖墩墩，圆鼓鼓，憨态可掬。假使它一团漆黑，一声不响地藏在瓜叶下，人们不小心踢到它，不被吓一跳才怪，以为大白天撞见了鬼。

它庞大的身躯里，藏着我们身体需要的营养。假使它不动声色地藏着一肚子坏水或是毒汁，相信所有的人都会远离它，避之惟恐不及。

冬瓜是可以放心做朋友的那一类。它遗传了土地的本性，忠实厚道，没有任何阴谋诡计，绝不会出卖朋友。你有什么秘密可以全部托付给它，我来担保，它绝对不会告密。如果它告密了，你可以将我告上公堂。

我们村子里有一位老奶奶，无儿无女，无依无靠，孤苦伶仃。他在自家院子门前种了一蔸冬瓜。她天天给它浇水，天天跟它念叨些什么。不久，冬瓜藤结冬瓜了，一天天长大，一天天长圆。老奶奶经常目不转睛地盯着冬瓜看，把冬瓜当成了自己的孩子。

一天夜里，老奶奶切开冬瓜。倏地，从里面蹦出来一个红光满面的婴儿。老奶奶以为看花了眼，连忙去揉。一揉，就把自己给揉醒了……原来，老奶奶是在梦境中。

梦醒之后，老奶奶再也睡不着了。忽然，从院子外面传来一声婴儿脆亮的啼哭。老奶奶尖着耳朵谛听。真真切切，是婴儿在哭。她赶紧起来，在院子里一个襁褓中，发现一个红光满面的婴儿，跟梦中见到的一模一样……

老奶奶欢天喜地抱起婴儿，笑得合不拢嘴。她老是盼着有个孩子，可不，瓜神给她送子来了。

孩子长得白白胖胖的，聪明伶俐，活泼可爱。他没有名字，老奶奶就叫他"冬瓜"。

豆荚里的小精灵

夏季，黄豆苗上结满了豆荚。取最为饱满壮实的，整株割来，摘去叶子，放进锅子煮。煮熟后，剥食豆荚里鲜嫩的豆粒。这种豆子叫毛豆，大概是因为豆荚表面上有一层茸毛。它们圆润鲜嫩，咀嚼起来，满嘴大地的清香。在食物短缺单调的年代里，毛豆受到了大众的青睐。

吃毛豆时，小孩子也要搞点花样创新。大人一般先用双手剥开豆荚，再食里面的豆子，小孩子则单手掐住豆荚，朝一头挤去，使豆粒蹦出来，直接蹦进事先张开的嘴里。

一天，母亲煮了一锅子毛豆，作为中午的点心。我从豆苗上摘下一枚豆荚，还没怎么用力挤，豆粒就迫不及待地跳将出来，正好跳进我的嘴里。我正要咀嚼，它们咕噜一下就溜入我的喉咙。吃第二颗，第三颗，都是如此，令我隐隐觉得奇怪。

第二天，我猛地往镜子里一瞧，发现嘴唇上长出了一层细细的绒毛，极像豆荚表面的茸毛。天啦，难道这是吃毛豆的结果！

我对母亲说，那毛豆不能吃了，吃了嘴唇上会长毛的。母亲听了，也不说话，只是一个劲地笑。

这一天，还发生了两件有点蹊跷的事。由于我不小心，打碎了一只碗，踩死了一只小鸡崽。母亲生气地指责我："你这个毛手手脚的孩子……"

我心里有点忐忑，老是毛手毛脚，不知会闯出多少祸来。这是不是也跟吃毛豆有关？继续下去，我会不会全身长毛，成为一个毛孩？我时不时撩起衣服，查看身上是否出现异常。

我怀疑，豆荚里藏了爱作弄人的小精灵。它们趁人食用的机会，争先恐后钻进人的肚子里，然后施行诡计，大闹天宫，为所欲为。把人整得精神紧张、神经兮兮，它们却藏在你肚子里咯咯咯地笑。

破天荒地，这天夜里我失眠了。我不知道，第三天还会有什么奇怪之事发生。我在心里对那些小精灵说："我们不玩这个游戏了，好吗？"因为，我实在不想让我的心整天发毛。

告密者

家里来了一位客人，因为没有空出来的床铺，他晚上便跟我睡一床。

第二天，起床后，他问我："你在学校的学习成绩是不是很好啊？"我笑笑，回答道："还行。"我以为他是在恭维我，因而没有很在意。接下来的问题却令我颇感诧异。他问道："你在家门前的地坪上翻跟斗时，是不是一个跟斗翻到坑下去了，摔得鼻青脸肿？"天啦，连这他都知道了。我连忙问他："您是怎么知道的？"他在我们家待的时间不长，不会有哪个无聊的人跟他讲这些的。他神秘地笑笑，说："是我昨晚梦见的！"

"罪魁祸首"竟然是梦。他居然能梦见我以前的生活，这也太奇怪了吧！

我追问道："您还梦见了什么？"他只是一个劲地笑，不再回答。我担心，我不为人知的秘密，被"梦"泄露了出去。

万万没想到，梦像个电影大师，将别人的生活像放电影一样呈现，又像一个光明正大的"小偷"，堂而皇之地盗取他人的秘密，还像一个管不住嘴巴的长舌妇，将别人的隐私添油加醋地说出去……

客人怎么会梦见我的生活呢？这或许跟床有关。我在那张床上睡了好几年，它熟悉我的每一缕呼吸，每一寸心跳。说不定，就是它将我的生活透露给客人的梦的。床和梦，它们的关系历来不错。

好在客人第二天就走了，他要是在我的床上睡多一晚，或许能窥见我更多的生活。

　　自此之后，家里有客人来，我也不会让他睡我的床。每个人都有不想让别人知道的隐私与秘密。不是特殊情况，我也不会睡别人的床，不想去刺探别人的生活。

　　渐渐地，我养成了认床的习惯。一住宾馆，就整夜翻来覆去睡不着。

　　有一次，我去北京旅游。因为航班晚点，到北京时已经是深夜了。我在街上一连找了几家小旅馆，都住满了。看到一家五星级宾馆，便病急乱投医地走了进去。一问，还有最后一间房。我狠狠心，咬咬牙，掏了房费。这么贵的房，我还是头一回住，住一晚抵得上住几晚了。我心想，接下来要降星级，五星级反正就住一晚，这一晚可要睡好，另外几晚不好好睡就是了。一定要改掉认床的坏毛病，要不然，彻夜无眠，对不起辛辛苦苦的人民币，也对不起富丽堂皇的五星级。也许是太累的缘故，那天晚上我一倒床便沉沉地睡去。睡着之后，梦便像蹑手蹑脚的猫，悄悄地走进我的脑海里，一个接一个，没有消停，直至天亮。梦中，有官员、老板、教授、明星、强盗、妓女……他们都曾在这房间里住过，是这里的房客，现在在我的梦里一一出现。按说，每个人的生活都是一部精彩的电影，掏一次房费，能看那么多场电影，值啊！问题是不够时间看啊。还有，就是房客与房客的生活被打乱了，相互掺杂，比如官员的生活里有明星的影子，教授的生活里有老板的影子，老板的生活里有官员的影子，明星的生活里有妓女的影子……房客在住过之后，拍拍屁股走了，他们的生活却悄悄地留了下来。他们何曾想到，这世上有不为人知的告密者。

　　我知道，我的生活，某天夜里也会走进另一个房客的梦里。我的卑微的生活，无法引起梦中人的兴趣，或许会加上英雄的影子。

　　我苦心经营的生活，在别人看来，只不过是一场梦，这是我怎么想也想不明白的事。

给松鼠的一封信

亲爱的松鼠：

你好！

首先，要请你原谅，在你外出的时候，我冒昧地参观了你的家，成为你家里的一名不速之客。

那是冬日一个难得的大晴天，阳光暖暖的。我去山野玩耍，无意中发现了巨石下方的一个树洞，那里是你温暖而舒适的家。当时，你不在家里，你或许外出采集阳光去了。我按捺不住好奇，在未经你允许的情况下，兴致勃勃地参观了你的家。尽管你不在家，但请你相信，我没有动过你家里的任何东西。

在你家附近逗留的时候，我的心里很是矛盾。我既希望你早点回来，咱们能见上一面，又希望你迟些回来，我担心我的突然出现，使你受到不必要的惊扰。

在你的储藏室，我发现了一些红薯干，那是你储备的越冬的干粮。看到红薯干的时候，我不由自主地露出了微笑。那种红薯干只有我家里有，它是用一种新品种红薯做成的。这说明你去过我家里。你来的时候，我们没有相遇，要不然，我一定会邀请你做客，并捧上美味的点心。

我知道，你的储藏室不只一个，因为冬季漫长，要储蓄好多的食物，否则，就有可能饿肚子。有的储藏室，你建在地下，那里埋着你爱吃的松果。当你享用我家的红薯干的时候，你或许就会忘记去取地下的松果。你觉得我家的红薯干味道怎么样？合不合你的口味？如果你觉得好吃，我可以给你送一些来。

而地下你忘了取出来的松果，来年春天会长出一棵小松树苗。多年以后，它会长成一棵挺拔的大树。当我在大树下乘凉的时候，我不会忘记，那是你赠给我的一片绿荫。

祝你快乐！

你从未谋面的朋友

1982 年 12 月 12 日

根雕

阳台上，一位根雕艺术家正在用心地雕刻着。渐渐地，一只飞鸟的形象凸现出来。

他仔细端详着眼前的飞鸟根雕，一点点地修饰它、美化它，一刀一划，绝不敷衍，似乎不允许有半点不完美的地方在它身上存在。他全副身心地投入到雕刻之中，仿佛要赋予飞鸟根雕以生命，使它能够飞翔。

"吱吱吱，吱吱吱……"阳台外，传来小鸟的叫唤声。

根雕艺术家的阳台，正对着一棵大树。大树上，有一只鸟巢。站在巢边的小鸟，眼睛一眨也不眨地望着飞鸟根雕。

根雕艺术家听得出来，那是小鸟呼唤妈妈的声音。有好长一段时间，小鸟没有见到妈妈了。那天，妈妈飞出觅食后，它听见"砰"的一声钝响，从此，妈妈再也没有飞回来。无疑，飞鸟根雕勾起了小鸟对妈妈的回忆与思念。

根雕艺术家忽然感到浑身燥热，一种内疚感猛地向他袭来。在他还没有从事根雕之前，他是一名猎手。他走过很多片树林，捕猎过很多动物，其中包括不少鸟类。

阳台外，鸟儿的叫唤声不绝于耳。声声叫唤，猛烈地敲击着根雕艺术家的心，使他痛苦，让他难过。对自己过去猎杀动物的行为，他内心充满悔意。

夜色降临，小鸟仍在叫唤。晚风带着鸟儿的声音四处飘荡，人听了更加感到凄清。那天夜里，根雕艺术家失眠了。

　　小鸟在第二天天明时，才停止呼唤。它的嗓子哑了，发不出声音来了。它大概也明白，无论它怎么动情地呼唤，妈妈也不会飞回来。但是，从飞鸟根雕身上，它却看到了妈妈的影子。每当它看到飞鸟根雕，它仿佛觉得妈妈就在自己的身边，没有离它而去。它幼小而又孤寂的心灵因而获得慰藉，感到满足。

　　当小鸟想起妈妈的时候，它就静静地站在巢边，透过枝叶，痴痴地望着飞鸟根雕，目光里饱含深情。小鸟觉得，飞鸟根雕也在深情地望着它。哦，那多像妈妈的目光！

　　根雕艺术家的心稍稍安稳了一些，他精湛的艺术对他的过失有所弥补。

　　根雕艺术家的根雕作品深受人们喜爱，在市场上颇为抢手。

　　有位客人来到他家，看到阳台上的飞鸟根雕，赞不绝口，表示愿意出高价买下它。根雕艺术家摇了摇头，说："这件作品，我要永久保留在那儿，不出售。"

　　客人感到有点失望，略带尴尬的眼睛扫视着根雕艺术家的居室。在墙角，他发现了一杆锈迹斑斑的猎枪……

（该文入选《纯美散文荟萃》，安徽少年儿童出版社 2012 年版）

孤独的求爱者

"呱呱呱——"田野里传来一只青蛙响亮的叫声。

不知道它具体的位置，只知道它在水田中央。那里没有别的青蛙，除了它，还是它。

这是一个寂静的夜晚，青蛙的歌唱加深了夜的寂静。

夜深了，它仍不知疲倦、执着地歌唱，歌声听来有几分孤独、几分凄清。

夜风将它的歌声传出很远很远……它希望有美女青蛙听到它的歌唱，并且欣赏它的歌声。

似乎没有别的青蛙听到它的歌声，但它没有灰心，更没有绝望，一如既往地歌唱，歌声一如之前响亮、悦耳、悠扬……

我虽然看不到它的身影，但我能想象它孤独的处境。我希望它停一停，休息一下，以便恢复体力，可是它没有，自虐似地歌唱，天地之间只听见它不绝的歌声。不知怎的，我隐隐地替它感到担忧。

最后，它声嘶力竭地歌唱，歌声越来越小，越来越弱……天已微明，它竟然唱了整整一个夜晚。

第二天，那里没有青蛙的歌声响起，水田陷入了深深的沉默。

第三天，那里还是没有青蛙的歌声飘出，水田陷入了更深的沉默。

我有点想念那只青蛙，它去了哪里？怎么一下子就消失了呢？

不久，我在那片水田里发现了它的遗体。那天晚上，它唱得太久了，唱得太累了，耗尽了全部的体力，气绝身亡。它的歌声是它求爱的讯号，它渴望朋友，渴望爱情，可是没有得到任何回应，直至生命的最后一刻。它是带着爱的希望离开这个世界的，临死前还在想，也许爱情正在路上，正在循声赶来，尽管它的"爱情鸟"到底没有飞来。它是为爱而死的，在一个晨光熹微的黎明……

对着那片水田，我深深地、深深地鞠了一躬。

怪兽跳舞

有一段时间，我家乡所在的田家村比较富裕，而罗亭坳下的鹅塘村却比较贫穷。人们都说，田家村风水好，生活在那里的人当然就富裕了。

一年秋天，正值收获的季节，鹅塘村的人发现一只怪兽在窸窸窣窣吃他们的庄稼。他回家拿来猎枪，却发现怪兽朝罗亭坳方向跑了。因为是晚上，怪兽长什么样，他并没有看清楚。

第二天晚上，又有鹅塘村的人看到怪兽在偷吃庄稼。它像台收割机，一吃就是一大片。被人发现后，它又朝罗亭坳跑了。

鹅塘村来了一只怪兽的消息，在当地传得沸沸扬扬，弄得人心惶惶。到底是什么怪兽，又没有谁能说上来。为什么鹅塘村贫穷，原因就是怪兽偷吃他们的作物。据说，怪兽在鹅塘村偷吃的时候，从来不拉。它带走了鹅塘村的财富。他们似乎找到了贫穷的根源。

一天夜里，他们估计怪兽还会出现，便纷纷带着猎枪，埋伏在田间地头。后半夜的时候，怪兽果然又现身了。他们对准怪兽，打响了猎枪。奇怪的是，明明打中了，怪兽并没有受伤。像以往那样，怪兽朝罗亭坳跑去。鹅塘村的人这次不肯善罢甘休，他们倒是要看看，怪兽到底是从哪里来的，在后面猛追。怪兽翻过了罗亭坳，他们也追上了罗亭坳。怪兽并没有停住，继续往前跑，朝田家村跑去。他们就继续追赶。追至田家村时，怪兽忽然消失得无影无踪。怪不得田家村那么富裕，原来是他们村跑出来专吃别人庄稼的怪兽。

　　怪兽消失的地方，只见村庄在月光下投下的影子。莫非，村庄的影子是怪兽？村庄一动也不能动，千百年来就在那里。但是，它的影子可不同了，它可以四处活动活动。尤其是当村庄熟睡的时候，它更是无法无天，变成怪兽，跑到山下偷吃庄稼去了，弄得鹅塘村的人意见很大。

　　隔了好几天，怪兽没有在鹅塘村出没。可是，奇异的事情发生了，鹅塘村的人怎么也点不燃火。烧不成火，怎么做饭呀？他们寻思，这或许是那头怪兽报复的结果。

　　他们想了一个办法，当天夜里，派人送了点心到怪兽消失的地方，也就是村庄影子产生的地方。

　　说也奇怪，第二天，鹅塘村的人就能正常点火了。

　　此后，鹅塘村家家户户轮流送好吃的到我们村庄来。他们天黑时动身，半夜正好能赶上怪兽的宵夜时间。

　　怪兽不用挪一步，就能吃香的，喝辣的，它当然不会去鹅塘村骚扰了。鹅塘村的光景渐渐地好起来。

　　怪兽坐着吃，睡着吃，没有任何运动，很快就长肥了，臃肿不堪。不像先前，尽管吃得多，但消耗也大，因而精瘦精瘦的。而此时，我们的村子却变瘦了。长胖了的怪兽似乎不像村庄的影子，跟村庄不太般配了。村庄板着脸，有点不高兴了，让它减肥，否则就休了它。它生是村庄的人，死是村庄的鬼，还能跑到哪里去？还有谁愿意收留它呢？它意识到自己犯下的严重错误，决定好好减肥。

　　每天夜里，它都和着夜风的节奏，一个劲地跳舞，消耗多余的脂肪，希望自己能尽快瘦下来。

　　直到现在，它仍然在减肥。如果你到我们村庄来，在夜里看到怪兽在风中跳舞，请你不要害怕，那是它自编的减肥舞啊！

黑蚕

半夜里，我突然听到一阵窸窸窣窣的声响。那是什么声音？房间里一片漆黑，而我又没有勇气点灯，去查看究竟。一种莫名其妙的恐惧排山倒海般向我袭来，我慌忙用被子捂住头，心里头像是有面鼓，在咚咚咚地敲。

过了好一阵，我再也没有听到什么动静，试探性地掀开被子一角，确定没有声响之后，才敢露出头来。

此后，房间里安静极了，无声无息。

第二天一早，我起床后，发现桌子上突然出现了一条黑线。

到了夜里，上一晚的状况重演，房间里又响起窸窸窣窣的声响。我本想起来看个究竟，最终没能克服内心的恐惧，只是用被子捂住自己的头，比上一晚捂得还紧。过了一阵，那声响便消失了。一夜平安无事。

天亮后，我同样发现桌子上有一条黑线。

那到底是什么声音呢？它困扰着我，使我感到害怕。桌子上的黑线又是怎么来的？它跟那莫名其妙的声音有什么关联？我脑海里疑团重重。

这时，我听到一个奇异的消息，有人晚上从我家门前经过，听到桑树上传来琅琅的读书声。带领小蚕读书的，竟是一条黑色的蚕……

我听后，连忙走到种在家门前的桑树底下，瞪大眼睛察看每一片桑叶，不肯错过任何蛛丝马迹。此时的我，仿佛成了一名侦探。我发现有的桑叶上，也有跟桌上相似的黑线，茅塞顿开，所有的疑问瞬间找到了答案……

那时，我们用毛笔写字。写毛笔字，离不开墨汁。因此，每位学生都随身带着一瓶墨汁。装墨汁的是玻璃瓶，如果人不小心摔倒，身上的玻璃瓶往往也会摔碎。后来，我改用一个盒子装墨汁。墨盒里有一团蚕丝，吸收了墨汁，使墨汁不至于流出来。需要写字时，毛笔的笔头按在蚕丝上就能沾到墨汁。我喜欢那个墨盒，更喜欢那团蚕丝。如果没有蚕丝，墨盒跟玻璃瓶就无异了。对着被染成黑色的蚕丝，我往往陷入遐思：那一缕缕蚕丝，是从蚕身体里吐出来的……我有时甚至产生幻觉，揭开墨盒，发现里面躺着一条黑蚕。

事情的来龙去脉是不是这样的呢？趁我睡觉的时候，我桌子上墨盒里的蚕丝变回成蚕。因为它是从墨盒里爬出来，所以身上不可避免地沾上了墨汁。桌子上出现的黑线，就是黑蚕爬行留下的痕迹。最后，它爬到了桑树上。没文化，真可怕！喝了墨汁的黑蚕决定教蚕虫们读书。于是，有人听到了我家桑树上传来的读书声。

你们说，我说的对吗？

花的女儿

刀把豆开红花的时候，我在院子里唱着一首不知是谁编写的童谣："刀把豆，开红花，嫁满女，嫁给我，我不要，嫁给牛公吊，牛公吊不会呷烟，嫁给满先先，满先先不会打锣，嫁给亚毛坨，亚毛坨不会吹笛，嫁给肖祥义。"

刀把豆是一种豆科植物，因豆荚状如刀把，故得此名。

上述童谣中，"牛公吊""满先先""亚毛坨"，都是虚拟的人物，而肖祥义却实有其人，就在我们村子里。年幼的我心想："难道肖祥义真的娶了豆花的女儿？"

肖祥义的老婆，我是见过的，身着一袭红衫，瓜子脸，小巧玲珑。莫非她真是豆花的满姑娘？

一天，我在一块菜地边上玩耍，看到肖祥义在给刀把豆浇水，浇得极仔细。我想："他是不是在给他丈母娘送礼物啊？"

他无意中看了我一眼，似乎带着不屑一顾的神情。我在鼻子里"哼"了一声，心里头嘀咕："当初啊，要是豆花的女儿嫁给我，我没有拒绝，暗地里跟她订下终身，机会或许就轮不到你肖祥义了。你恐怕得打单身了。"

我开始留意我们村子里几个进门不久的新娘子。刘世林的老婆面色红润，莫非她是桃花的女儿？陈延远的老婆皮肤雪白，莫非她是梨花的女儿？王永新的老婆喜欢穿金黄色的衣服，莫非她是油菜花的女儿？

将来，我要娶谁的女儿呢？

牡丹花的女儿，虽然高贵，但我又嫌她娇嫩；桂花的女儿，虽然香气袭人，但是个头不高；杏花的女儿，虽然热情活泼，但我怕她不专情，冒出墙头……

一天夜里，我做了一个梦，梦见自己来到一座百花园里。各种各样的鲜花都开放了，姹紫嫣红，争妍斗艳。女儿是母亲的翻版，花的女儿一定长得花一样的漂亮。哪一种花的女儿，会成为我未来的新娘？我不知如何选择，不知道认哪一种花做丈母娘。我想，此刻，花一定也在看人，帮它们如花似玉的女儿挑选如意郎君。不知道有没有"丈母娘"，暗暗里把我"订"下来？

花开的声音

一群孩子蹦蹦跳跳，奔走在雪地上。

"吱嘎，吱嘎——"雪地上，印出了一行行清晰而生动的脚印。

那声音是多么的清脆，多么的动听，好像还带着一股淡淡的清香，仿佛是花开的声音。他们一边走，一边听，为自己制造的声音而感到莫名的得意。尽管身处寒冷的冬天，但他们的眼前，仿佛盛开着鲜花；他们的心里，仿佛装满了灿烂的春光。

这声响不断渗入地下，惊醒了沉睡的花种。它们揉揉惺忪的睡眼，自言自语地说："这声音听起来如此熟悉，如此亲切，就像是花开的声音。难道是雪地上的人们思花心切，用这种声音来召唤我们？"

它们于是打消了睡意，迫不及待地生长。在雪水消融的地方，它们的嫩芽拱出了地面。它们看到，大地正渐渐地从沉睡中苏醒。

它们竭尽全力，不停地抽枝展叶。迎着和煦的春风，它们开出了一朵又一朵鲜艳的花，迫不及待地向人们报告春天的消息。

孩子们被吸引过来了，围着花丛，吱吱喳喳，像是一群活泼的小鸟。

其中一个孩子说："花开的声音，多像是我们在雪地上行走的声响。"

另一个孩子说："是我们在雪地上行走，踩出来声音，把花给叫醒的吧。"

还有一个孩子说："冬天与春天，其实只隔了一层雪。我们把雪踩化了，春天就来啦！"

听了孩子们的话，鲜花恍然明白，它们当初听到的声音，原来是这群孩子"制造"的。

鲜花对着孩子微笑，孩子们也以笑脸相迎。

不一会儿，孩子们又像一阵风似地跑去了别处。

鲜花望着他们的背影，自言自语地说："他们也是大地上的花朵，是会奔跑的花朵！"

花神之约

我的家人虽然生活在一个穷乡僻壤的小山村，但他们都颇有闲情逸致，钟情于花花草草。祖父在屋的东侧种了芙蓉，三伯父在屋的西侧种了芍药，父亲在屋门前种了月季。加上大自然数不清的野花，我小时候简直生活在一个绚丽的大花园里。

祖父不仅种花，还跟我讲花的故事。有一次，他跟我讲——一位进京赶考的秀才，在花树下遇见了花神。花神给力，秀才中了状元。

我听后，非常羡慕故事中的那位秀才。想不到，花神不仅是美丽之神，同时也是智慧之神。我心想，我要是也能与花神见上一面，我的学习定会突飞猛进。我期望与花神邂逅。

那位秀才是在花树下见到花神的，我也想到花树下碰碰运气。那时，芙蓉花灼灼地开放。我经常在芙蓉树下徜徉，却没有见到花神的影子，心中未免有点失望。

一天中午，兴许是累了，我斜躺在芙蓉树下。迷迷糊糊之中，我看到一个明眸皓齿的女子朝我走来，她的头上撒满了七彩花瓣。噢，花神！我心中不由得大喜。

"花神，你可知道，我找你找得好辛苦呀！"我一见到花神，就向她吐苦水。

"因为世界上的人都想见我，所以我有点忙啊！"花神笑了，她笑起来更加美丽。

"你真是一个大忙人，"我连忙纠正，"不，一个大忙神。"

"你找我有什么事吗？一般来说，找我的女孩子比起男孩子来要多得多。"花神说。

"我想……你……你给……给我……好成绩。"关键时刻，我的舌头不争气了，结结巴巴。

花神鼓励我："你自己努力，就能得到好成绩呀！"

说完，花神就要走了，裙袂开始飞扬起来。

"那我们什么时候还能再见面？"我连忙问。

"等你有了好成绩，我们在东边花树下见……"说着，她就飞走了。

我连忙起身，似乎想抓住她的裙角，可是没能抓住。这一抓，倒是把自己惊醒了。我揉揉眼睛，原来刚才只是一场梦。

"等你有了好成绩，我们在东边花树下见……"我拾了花神的话，在心中默念。尽管是在梦中，感觉好像是真的一样。

此后，我发奋读书起来。我要取得好成绩，因为好成绩是求见花神的门票。我渴望再一次见到花神。

那个学期结束，我取得了不错的成绩。成绩单发下来的那天，我兴冲冲地跑到芙蓉树下，准备与花神约会。"东边花树下见"，芙蓉树正好在东边。约会地点应该没有弄错吧。我在那里等了好久，花神始终没有出现。我一拍脑袋，猛然想起芙蓉花早已开败，花神早就下班了，怎么可能见到她呢？想到这里，内心好一阵怅然。

随着年岁的增长，儿时缥缈、美丽的梦，慢慢地随风飘逝。

四十年后的一天，我在韩国首尔南山公园的一棵花树下，蓦地看到一个明眸皓齿的女子，她的头上撒满了七彩花瓣，跟我梦中所见的花神一模一样。儿时的那个梦瞬间在我心中复活了。"东边花树下见"，这个"东边"实在是出乎意料。她冲我笑了一下，转眼就消失在滚滚人流中。我快步上前寻找，却怎么也找不着她。我很不甘心，找遍了公园的每一个角落，都没有再见到她的身影。"等你有了好成绩……"现在的我，整天东奔西跑，却碌碌无为，两手空空。灰暗的人生，交不出一张亮丽的成绩单，怪不得花神不肯与我相见。我呆呆地站在公园内，内心充满了无限的惆怅……

画给太阳的画

每次见到冬日的太阳，我总是觉得特别亲切、特别温馨，因为阳光曾是我画作的收藏者。

你心中一定会产生疑惑，此话怎讲？且让我回到童年——

家乡的冬天，寒风凛冽，尤其是早上刚刚起床时，气温更低。因而那时候猫在家里的时间居多。小孩子们往往闲不住，闷在家里，时间久了就会觉得无聊，心里就有点阴郁。

百无聊赖之中，我就在窗户玻璃上乱画一气。起床后，总是发现玻璃上灰蒙蒙一片，室内的光线也不太好。那其实不是灰，而是一层水雾。它正好充当了我的画板。

太阳升起之后，气温渐渐地升高，水雾慢慢地消失了，玻璃上的涂鸦也随之不见了。

有一次，我看到阳光在拍打窗户。很明显，它留意到了我的涂鸦。不知怎的，我竟然感到一种莫名的羞愧。为什么要乱画一气呢？难道不能好好地画吗？

第二天，起床之后，我似乎有点迫不及待，开始在窗户玻璃上画起画来。想到阳光会来欣赏我的画作，我态度极其端正，再也不敢马虎了，每一笔都画得很认真。

画完之后，我还要自我欣赏一番，吹毛求疵地点评，并设法给予修正。

阳光没有失约，它赶来欣赏我的画。它一边美滋滋地欣赏，一边露出会心的微笑。见此情景，我的心里也洋溢着喜悦，先前的阴郁一扫而光。

阳光欣赏完我的画作，最后竟将它拿走了。我很高兴，我的画作能被阳光收藏。

此后，在冬天的早晨，我每天都要给阳光画一幅画，越画越认真，越画越漂亮。阳光大概看出了我的进步，对我赞许地点了点头。

渐渐地，我喜欢上了冬天的早晨，喜欢上了冬天。给阳光画画，那是我童年时代一段难得的愉悦的时光。

阳光执意地欣赏我的画作，执意收藏我的画作，让我的内心也充满了阳光。你说，对太阳，我能不感到亲切、能不觉得温馨吗？

会变戏法的影子

小时候，听大人说，每一个人都是有影子的，要是见到某人没有影子，他可能离死不远了。因此，我对自己的影子非常留意，担心自己的影子哪天不见了，那就遭殃了。有时候走山路，忽然没看到自己的影子，心中好一阵惶恐。不过，很快，它就闪现了。或许，它只是跟我玩一会捉迷藏的游戏。我对影子的关注，实则源于对死亡的恐惧。

也许是我盯得紧的缘故，我的影子没有弄丢过。它像一个忠实的奴仆，亦步亦趋地跟着我。我慢慢放下心来。

我不仅留意自己的影子，也留意起别人的影子来。我惊讶地发现，张三的影子是三角形的，李四的影子是四方形的，王二的影子是正方形的……

不知道他们有没有注意自己的影子。他们如果发现自己的影子是奇形怪状的东西，一定会大吃一惊。或许，影子会变戏法，当主人注意它们的时候，它们就老老实实变回原形了。

这样说来，别人看到的我的影子和我自己看到的是不一样的。它在别人的眼里是什么形状呢？三角形、四方形、圆形、梯形……可能我自己永远也无法目睹那个"真实"。影子也够鬼灵精怪的！

当主人睡觉的时候，影子们就获得了解放，获得了自由，想怎么玩就怎么玩。影子毕竟是影子，无数个影子加起来，都无法组合成一个人。这些三角形、四方形、正方形、圆形、梯形聚在一起，正好可以玩搭积木的游戏。把它们全部搭起来，能够搭成一座漂亮的城堡。唯一遗憾的是，积木都是黑乎乎的，就像黑夜的颜色，有点单调。积木搭成的城堡，尽管好看，但是很容易倒。如果城堡不小心稀里哗啦倒下，那些影子全成了一片废墟。

桔灯

年少时赶路，常常担心还没到家，天就黑了。所以，我往往一边看天色，一边计算着行程。如果天色尚早，路途又不远，在路上大抵可以悠着点。如果天色已不早，路途又遥远，那就要抓紧时间，加快脚步了。倘若随身带了手电筒，即使天黑了，也用不着怕，最怕的是，走到荒郊野岭时，天黑得伸手不见五指，连借个光的地方都没有，叫天天不灵，叫地地不应。怎么办呢？也只能壮着胆子，深一脚浅一脚，摸索着前行。总不能在荒郊野岭过夜吧。

这样的遭遇我还真逢上一次。那是从横阳山回家，启程时已近黄昏，我预计时间会非常赶，心想在路上加快速度，或许在天黑时能够到家。谁料那天天黑得特别快，夕阳像是一条活泼的泥鳅，三下两下就滑入了山谷中，浓浓的夜色不由分说合围了过来。尽管一路紧赶慢赶，天黑时才走到崖闷岭下。我过于乐观地估计了那次行程。早知如此，我不如在横阳山借宿了。

那天晚上异常的黑，月亮不知躲去了哪里，也不见一颗星星冒出来，天空中像是倾倒了一海的墨汁。那个地方前不挨村，后不着店，借光的去处也没有。我心里像是有一面鼓，在咚咚咚地敲，头上急出了一层冷汗。实在没有办法，我只有心惊胆战、跌跌撞撞地往前走。

漆黑的夜色里，仿佛藏着无数怪物，张牙舞爪向我扑来。我赶紧闭上眼睛，可是怪物仿佛看得更清晰了，又惊慌地睁开眼睛。睁眼怕，闭眼也是怕，其实在那样的黑夜里，睁眼闭眼都是一个样。

听说，前一段时间，有一个走夜路的人，因为没带光，在崖闷岭上一脚踏空，掉下了悬崖……想到这里，我的后脊背一阵阵发凉，两腿止不住发软。

我陷入了黑暗与恐怖的深渊中，孤立无援。这时，我猛地一抬头，看到了山顶上亮着无数盏橙黄的灯，仿佛无数个小小的月亮。像是溺水的人看到了一根稻草，我紧紧攥住那光明，朝山顶走去。那里没有人居住，怎么突然之间就亮起了那么多灯呢？这颇有点奇异。可当时我没有想那么多，只想借助光明之舟的引渡，快点驶出这黑暗的海洋。此时，我的脚上添了力量，心上添了勇气。

我几乎一口气就登上了崖闷岭。到了崖闷岭，离家就近了。崖闷岭上，住着几户人家。在那里，我借到了一个光，顺利地回到了家。

回家后，我一直在琢磨，山顶上是谁为我点灯，照亮我回家的路？我越想找到答案，越没有答案。

为了解开心中的谜团，我决定天亮后到崖闷岭上去走一走。来到昨晚亮灯的地方，看到一片桔园。正是桔子成熟的季节，黄澄澄的桔子，沉甸甸地压满枝头。

我心里蓦地一动，为我亮灯的，莫非是桔园里的桔子？它们说不定听到了一名少年发自内心的呼喊，在茫茫黑夜里纷纷点亮自己，化作无数盏桔灯……

我久久地凝视着它们，目光里充满了无限的感激。

哭泣的竹笋

春回大地，万物复苏，田野开始返绿，但是绿色蔬菜尚未摆上乡亲们的餐桌。那时，乡亲们的餐桌上，显得十分单调，依然是坛子菜和咸菜当家。采自山林的竹笋，无疑给春天的餐桌增添了一道难得的喜人的绿色。

那时，大人们似乎永远有干不完的活儿，扯竹笋这等活计责无旁贷地落到了孩子们身上。孩子们都热衷于扯竹笋，因为别有一番野趣。

一场春雨过后，我便跑去当地的水口山扯竹笋。我知道，水口山的山坡上，长满了一簇簇的竹子。它们长得不是很高，但在年复一年的春风中捧出了甘甜的竹笋。用来食用的竹笋，粗细老嫩要恰到好处。长得太老、太粗的，不宜扯，因为太硬，嚼不动；长得太嫩、太细的，也不宜扯，因为太软，没有嚼味。因此，找到竹笋，不可一股脑地采来，先要判断一番，决定是扯还是留。太老的竹笋留下来，它们会长成竹子。来年春天，它们也会长出竹笋。太嫩的竹笋留下来，再经几场春雨，它们就会长高长壮。我所选的竹笋，大都只有一根小指头那么粗，只须用力往上一扯，竹笋就取到手上了，根本用不着用锄头去挖。

在山上摘竹笋，安全是头等大事。倘若不小心失足掉下悬崖，后果不堪设想。碰到陡峭的地方，根本无路可走，但为了采到更多的竹笋，我往往铤而走险。好在山上到处有灌木丛，可作抓手。每走一步，我都小心翼翼，试试将要抓取的灌木丛牢靠不牢靠，可否承受身体的重量。经常在山上采竹笋，练就了我飞岩走壁的"轻功"，也造就了我胆大心细的品性。

　　回到家后，将所采集的竹笋装进一个竹篮里。有时候，采摘一次尚不能炒一碟菜，因为竹笋抓到手上看起来很多，但吃的时候要去掉竹笋的外衣，食用的那部分就很少了。连续采几次，积少成多，总能够炒一盘菜。

　　一天晚上，我听到厨房里隐隐地传出来一阵哭声。走到厨房里，又没有发现任何人影。正在纳闷之际，我猛然看到竹篮里的竹笋，心中一动——哭声莫非是竹笋发出来的？它们在人类面前，是无力反抗的，只能任人采摘。这一点，它们似乎认了命。它们伤心的是，自己的同类——竹篮居然站在人类一边，成了人类的"帮凶"。在山林里，用来编竹篮的竹子与天真无邪的竹笋，原本属于同一个家族，是相亲相爱的一家人。它们莫名其妙地哭泣，弄得我心里莫名其妙地难受。我有点犯难了，我到底是毫不客气地将它们沦为刀俎鱼肉，还是慈悲心大发，悄悄地将它们放回山林？

老井

村子里有一口老井。据说，有村庄的时候，它就在那里；没有村庄的时候，它还是在那里。正因为有了那口井，才有了后来的村庄。还有人说，自从盘古开天地，井就在那里。老井之"老"，可想而知，名符其实。相对于沉静的大地，井水一直在涌动、流淌，亘古如斯，无休无止……

井口处，搁着一块青砖，据说那是清代的。青砖下方的巨石上，相传留下了明代的足迹。如果再往下挖掘，一定可以发现更深的历史，开辟出一个考古现场。老井里的水，说不定从原始社会出发，沿着中国历史的脉络，叮当叮当，从古代流到了现当代。

我，我的父亲，我的祖父，祖父的祖父……都是喝老井里的水长大的。有一次，我在老井边无意中往井水里瞅了一眼，看到了祖父的身影。喷涌的古泉，像是一个摄像头，拍下了祖父生动的影像，并且珍藏在水里。我不停地在井水里打捞，祖父的祖父，祖父的祖父的祖父……他们一一呈现在我的眼前。想不到，老井里，藏着一个家族珍贵的影像，藏着一个家族无尽的历史。

井水深沉，一眼望不到底。它的深沉不是装出来，而是自然而然。换句话说，人家有那资本，根本不需要装。想想看，秦朝的明月因为它的滋润，变得更加饱满圆润；汉朝的风，在井水里荡起层层涟漪；唐朝的鸟鸣，像种子一样落进井里；宋代的一小片白云，轻轻地擦过它的额头……

　　村子里有几位大哥哥，产生了一个大胆的想法——把老井舀干，看看它到底有多深，看看井底里到底有什么。他们带着大盆小盆，来到老井边。一群小喽啰成了"吃瓜群众"，站在一旁围观。他们团结一致，接力舀水。因为进水的速度赶不上出水的速度，老井的水位在缓缓下降。水位下降到明朝的时候，他们看到井壁边趴着一只青蛙。看上去，青蛙目光深邃，知识渊博，像是一个饱读诗书的博士。它呱呱地叫了几声，似乎是在讲述明朝的那些事。继续舀水，水位继续下降。下降到宋朝的时候，他们听到了水底下传上来的一声叹息。是李清照阿姨吗？您的词写得太好了，大家都是您的"粉丝"。水位下降到唐朝的时候，他们发现水面上飘来一尾金鱼，雍容华贵，有点像是杨贵妃。他们看呆了，都不敢去捉，觉得它是精怪。水位估计到了魏晋南北朝，他们突然发现水面下一团黑影，不停地腾挪，似乎要挣出老井。"吃瓜群众"见状，吓得魂飞魄散，拔腿就跑。大哥哥们也害怕了，丢下大盆小盆，慌忙逃走。大家都是叶公好龙，以前一直期待与古人相遇，而古人"真的"要出现了，又都惊恐不已。

　　老井好像是时空穿梭机，那个魏晋南北朝时期的古人，如果真的跳出老井，一下子就穿越到了现代。而村子里那位投水而亡的老先生，是不是穿越到了他所向往的唐朝？

　　后来，村里的年轻人陆续外出，留守的年轻一代大多另觅屋场，将新房建在别处，村庄的人口越来越少，去老井打水的人越来越少。老井也不嫌弃，也无怨言，一如既往地滋养着贫瘠的村庄。

　　再后来，村里用上了自来水，再也没人去老井里打水了。慢慢地，老井里没有泉水流出来了。它死了，数千年的历史一下中断了。死去的老井成了大地上不眠的独眼，盯着空洞的天空。当以前喝它水的老者从它身边经过时，独眼里就流出来浑浊的泪。

路在走人

我回到故乡，想在印满童年脚印的乡间小路上走一走。来到一处熟悉的地方，突然发现眼前的路没了，四顾茫然。

在我的记忆中，那里是有一条小路的。那时，我光着脚丫，在那条路上跑得像风一样快，哪里是上坡，哪里是下坡，哪里是拐弯，闭着眼睛都知道。我之所以对那条路刻骨铭心，是因为有一次，我试图抓住路边如潮的虫鸣，结果被茅草割伤了手指……可是，它现在消失得无影无踪，仿佛一条蛇，悄无声息地游走了；仿佛一只鸟，展翅飞去了远方。

而今，马路越来越宽，人行道越来越窄。汽车越来越稠密，行人越来越稀疏。没人走的地方，到处是野草的脚步。世界上本来就有路，走的人少了，也就不成路了。路天生是给人走的。人不走路，路就长脚了，或者悄悄地躲起来，或者悄悄地溜到别处。

在城市，在机场的自动传送带上，在地铁与商场的手扶电梯上，密密麻麻地站满了各种各样的人。他们站在那里，一动也不动，是路在走着各种各样的人。

我们到处去旅行，依赖于各种交通工具，无非是从一个车站到另一个车站，从一个机场到另一个机场。其实，我们并没有走多远，只是坐在汽车里，坐在飞机上，或是发了一会呆，或是打了一个盹，而路却一刻不停、拼命地倒着走。

路走累了，便怂恿交通工具出点小毛病。当汽车、飞机耍起性子、闹点毛病、赖着不动的时候，交通就陷入了瘫痪，游人呆呆地站在那里，干着急。没有汽车跑的马路真安静，没有飞机驶过的天空真干净。这时候，路没有任何负担，轻轻松松，自由自在。但是路非常清楚，这只是暂时的、偶然的。当汽车轰鸣声响起，路就要负责往后退，汽车开得多快，它就退得有多快；当飞机的翅膀擦过云层，云彩就要学会倒着飞，因为飞机飞得太快了，云彩老是担心跌跟斗。

人不运动，而路却每时每刻都在运动。一昼夜，路随地球跑了八万里。假使哪一天路突发奇想，想去会一会外星人，它们说不定会极力撺掇地球飞向外星球⋯⋯

路把一个人走完了，人不在了，路还在。但是路是不会闲着的，它又向新一代人招手了。

我知道，终有一天，我也会变成尘埃，成为路的组成部分。到时，我会止不住在风中奔跑，如同我儿时在乡间小路上奔跑一样。当你不小心被我绊倒在地，请你不要介意，那是我问候你的特殊方式。

没有翅膀的飞翔

我独自呆呆地坐在河边，默默地想着心事，一副忧心忡忡的模样。

到底是什么让我闷闷不乐呢？也不是什么大不了的事，无非是成长中莫名其妙的忧伤。也许，只要找个人倾诉一番，我就会豁然开朗。问题是我极不情愿敞开心扉，因而把心事深深地埋在心底。

离我不远处的一块小石头，也在想着它的心事。它想像鸟儿一样飞翔，可是它只能一动也不动地待在那里。天空中传来一丝丝鸟鸣，这令它感到莫名的痛苦。

我在河边坐了好久，坐得腰酸腿疼，心事半点没有减轻，流水也带不走我半点忧伤。

我于是站了起来，在河边漫无目的地行走。

因为只顾着走，没注意看脚下，猛地踢到一块小石头。是我不小心踢到它，把它踢疼了，我应该向它道歉。我的心思不知不觉地转移到小石头身上。

我端详着它，它看上去很忧郁，似乎也有心事，和我一样。我弯腰将它捡了起来，爱怜地摩挲。

忽然，我产生了打水漂的冲动，于是，俯下身子，用力抛出了小石头。

它贴着水面飞了起来，撞击出朵朵水花，荡起圈圈涟漪。

小河里的鱼儿浮了上来，因为它们看到了前所未有的奇观——没有翅膀的"鸟儿"在飞翔。

小石头简直不敢相信自己，刚才还只能傻傻地待在一个地方，现在竟然飞了起来。它跃上了兴奋的云端。

小石头飞不动了，它幸福地沉入水底。

它对我充满了感谢，因为我帮助它实现了梦想。

其实，是我要感谢小石头，它的飞翔带走了我的心事。在走回去的路上，我觉得脚步异常的轻快……

奇幻竹林

村里干红白喜事的时候，家家户户的碗筷被集中到了一起。各家各户用的筷子稍有不同，有的用红筷子，有的用白筷子，有的用长筷子，有的用短筷子，有的用粗筷子，有的用细筷子……它们被集中在一起的时候，全乱了套，乱点鸳鸯谱，于是，红筷子配上了白筷子，长筷子配上了短筷子，粗筷子配上了细筷子。这样的临时组合，好像一对对登台表演的相声演员，滑稽感十足。尽管如此，但似乎并不影响人们进食。只要桌子上摆放了一双筷子，而不是一只，饭菜就能准确地送进嘴巴里，绝不用担心会送进鼻孔里去。

我家用的是整齐划一的红筷子。可是在一次喜宴之后，归还的筷子中一双红筷子也没有，全是东拼西凑而成，高高低低，长长短短，并且总数还对不上。比如，之前借出去的是二十双筷子，还回来的筷子只有十八双。负责还碗筷的工作人员解释道："不好意思啦！因为筷子有遗失，只好每家每户少还两双了。"见此情景，母亲脸上有点不悦。但不高兴归不高兴，要找回原来的筷子已不是易事，遗失的筷子且不说，没有遗失的筷子，这一只躺在东家的橱柜里，另一只则摆在西家的餐桌上。原来团结一致的整体，变得七零八碎。好在借出去的只是筷子，并非金条，因此也不会计较太多。还回来的筷子不太好用，尤其是有客人来的时候拿不出手，要不了多久，母亲便会重新添置筷子。

在一个火烧云燃烧西天的黄昏，我发现了我家屋后一片奇怪的竹林，最边上的竹子全是红色的。我心里猛地一动，莫非它们就是我家丢失的红筷子？我之前一日三餐都拿着自家的红筷子吃饭，对它们再熟悉不过了。它们是不是趁着混乱局面，悄悄地溜进了竹林里？而那些跑得慢的，就被乖乖地捉了回去。它们原本来自竹林，回到曾经生活的地方，显得无比激动，感到无比亲切。

我一根一根红竹子找去，想把它们揪回去。它们似乎也认出了我，统一了立场，摆出陌生的面孔，故作矜持。我在心里琢磨，它们其实是想笑的，因为尽管变成了竹子，还是被我认了出来，只是强忍着不笑而已。如果有谁忍不住内心的笑，说不定会将肚皮笑爆。

再看竹林里的其他竹子，大小不一，高低错落。它们或许就是其他家庭里的筷子，在村里干红白喜事的时候成功逃脱。竹林是它们共同的家，它们成功地扎下了根。看来，要动员它们回去，各就各位，似乎是痴心妄想。

天色已晚，我怅然地离开竹林，一根筷子也没有带回去。我的身后，忽然响起一片沙沙沙的笑声。

千狗吠月

春光明媚的一天，我去野外踏青。我发现，我家的小狗也跟来了。我想让它回去守家，几次喝退它，它几次又追了上来。我的心一下子软了，心想，不如就让它跟着吧，路上正好有个伴。

正是阳春三月，草色青青，杂花生树，群莺乱飞。春天的美景，令人心旷神怡。小狗的心情看来也不错，一路上不停地撒欢，激起一阵阵尘烟。

在一处山坡上，密密麻麻地长满了狗尾巴草。小狗到了那里，像吃了兴奋剂，不停地喷着鼻子，屁颠屁颠地跑向草丛，迫不及待地钻了进去。瞬间，它的身子就消失了，只露出狗尾巴来。很快，我就不知道它的行踪了。

对于那处山坡，小狗似乎很熟悉。像遇到老朋友一样，它感到无比亲切。或许，草丛里藏着一个巨大的秘密，只有狗类才能知晓。

我来到山坡上，不停地叫唤它。它或许是没有听到，或许是听到了，故意不理睬我。我走进草丛里寻找，每一根狗尾巴草都在摇晃，似乎在说："狗狗在这里！"每一根狗尾巴草看上去都像是狗的尾巴，可是每一根又都不是狗尾巴。我找来找去，看得眼花缭乱，却没有找到小狗。

最后，我只好放弃，从草丛中退了出来。过了一会儿，小狗不知从哪儿钻了出来，对着我兴奋地大嚷。它说不定是在跟我玩捉迷藏的游戏，钻进草丛后，它的尾巴就变成了狗尾巴草。那么多的"狗尾巴"，我怎么能找到它呢？

满山坡漂亮的狗尾巴草，是不是都是由漂亮的小狗变成的呢？它们只露出尾巴来，身子藏在哪里呢？它们在跟谁玩捉迷藏的游戏呢？

一个月光皎洁的夜晚，柔和清朗的光辉洒在大地上，万物仿佛都披上了一层洁白的纱巾，如梦似幻。那晚，我碰巧从那个山坡路过。蓦地，草丛里动了一下，一根狗尾巴草仿佛不见了，而从土地里钻出来一只漂亮的小白狗，对着月亮吠了一声，紧接着，整片草丛都消失了，无数只小白狗争先恐后地现身了。它们纷纷昂起头，对着月亮吠成了一片，吠成了一片欢腾的海，也将我脚下的路吠得高低不平……

琴音与歌声

不知什么时候，窗外来了一只乡下的蟋蟀。

每到晚上，它就拉起了琴曲。我坐在窗前，侧耳聆听。我听出来了，它拉的是思乡曲。琴声有点忧郁，有点哀伤。蟋蟀来到城里后，再也回不去了，但它对故土的思念又是那么的深，那么的浓，无法排遣，只能借助琴声来表达。

在一个有月光的晚上，蟋蟀拉起了"月光曲"。它怀念家乡的每一缕月色，怀念家乡的每一寸土地，怀念家乡的每一叶草片……曾经熟悉无比的景物，现在却遥不可及。眼前，只有城市冰冷的月色和同样冰冷的水泥地板。

跟往常一样，我坐在窗前听它拉琴。奇怪的是，其他人都没有听到它的琴曲。它的琴声似乎是专门拉给我一个人听的，我是它唯一的知音。

听着听着，我似乎闻到了田野的芬芳，草叶的气息。多么熟悉、多么亲切的味道啊，故乡在我的眼前慢慢浮现……

我的故乡也在乡间，我的童年、少年都是在那里度过的。我熟悉那里的一草一木，熟悉那里的每一寸土地。后来，来到城里工作之后，我再也没有回去过。蟋蟀的琴声触动了我埋在心底的乡愁。

我听得很专注，听得很入神，惟恐错过了一个音符。可是蟋蟀的琴声渐渐地低沉下去，最后消失了……它大概情到深处，不能自已。我的心弦绷得紧紧的。我很想说几句安慰它的话，可不知说什么好。

接着，它喃喃地吐了一串词，大意是，故乡啊，我何时才能回到你的怀抱？

我听后，激动万分，因为我听出了它的口音。我和它，来自同一个地方。它思念的和我思念的，是同一片土地。

琴声再次响起，我和着它的琴声，轻轻地唱起了思乡的歌。蟋蟀听到我的歌声，也很激动，很兴奋，拉得更加用心了，琴声也更加悠扬了。

我和它，在琴音与歌声中，将故乡紧紧地拥抱……

自此之后，我和它成了一对最佳拍档。每天晚上，它弹琴，我唱歌，默契地合作，直到很晚，很晚……

神奇的南瓜

  在乡间，南瓜是一种再寻常不过的作物。它的身份卑微，卑微得在菜园土中没有一席之地。乡亲们往往在屋前屋后、边边角角的地方，锄掉周围的杂草，挖一个坑，撒一粒南瓜种，都会有收成。南瓜极容易侍候，几乎不需要管理。它不像丝瓜或豆角，需要提供藤苗攀爬的绳子或树枝。南瓜藤像一条长蛇一样爬去，不管前面有路没路。前面即使是一片悬崖，它也敢纵身跳下。因此，在野外，常常与浑圆硕大的南瓜不期而遇。当你熟视无睹地从大南瓜身旁走过时，它似乎还会干咳几声，让你不要忽视了它的存在。

  南瓜极具奉献精神。如果蔬菜界颁发"最佳奉献奖"，大概非南瓜莫属。南瓜一边生长，一边给农家提供蔬菜。农妇从外边回来，菜篮子里或装着一把鲜艳的南瓜花，或装着一把青翠的南瓜叶，脸上挂着微笑。南瓜花和南瓜叶均可入菜，将餐桌点缀得五彩缤纷。若你家蔬菜紧张，嫩南瓜自告奋勇地来救急。等到摘完南瓜，南瓜藤都被农家扯了来。南瓜藤亦可入菜。将南瓜藤外面的皮撕掉，用针挑成条状，再切成颗粒状，可煮来吃。如果放进坛子里，做成坛子菜，吃起来别有一番风味。

  南瓜酒，你可能闻所未闻，那绝对是我家乡的"发明"。建屋场一个比我大几岁的哥哥，生性机灵。他用小刀在一个尚在生长中的老南瓜上划了一个三角形的口子，放进去发酵的"酒药"，再将口子盖上。隔了一段时间，它揭开了南瓜上的盖子，闻到了"南瓜酒"迷人的醇香。他按捺住激动的心，美滋滋地想："再过几天，南瓜酒说不定会更加美味，到时再享用吧。"谁知，就在他等待的过程中，南瓜的主人发现了这个"秘密"。"酒坛子"被怒不可遏地掀翻，"酿酒师"也被毫不留情地打得屁股开花。假如他的"试验"没有中止，说不定现在我们的餐桌上就会摆上"南瓜酒"——世界上独一无二的美酒。

我家屋后的金丰村，有一位老奶奶。她是个孤寡老人，无儿无女，无依无靠，孤苦伶仃，生活十分艰难。据说，她家里连买盐的钱都没有。因为长期缺盐，她脸都浮肿起来。有一天，一只受伤的小鸟落在老奶奶家的阶基上。老奶奶见了，怜悯心大发，给小鸟治伤，喂小鸟食物。几天之后，小鸟的伤好了，准备飞回蓝天了。老奶奶依依不舍地与它告别。但没多久，小鸟又飞回来了，嘴里衔着一颗南瓜子。老奶奶将南瓜子种在家门前的空地上。南瓜苗长出来了，老奶奶在心里琢磨："它跟其他南瓜会有什么不同吗？"南瓜结瓜了，长得特别的快，特别的大。最后，南瓜竟长得像只水缸。老奶奶笑得合不拢嘴，心想："这么大的南瓜，什么时候才能吃得完啊？"她没法将南瓜摘回家，只好请了几个大力士，将南瓜一步一步挪回家。一天，老奶奶劈开了南瓜，发现里面金光闪闪，差点亮瞎了自己的眼睛。原来，南瓜里面全是金子！老奶奶发大财了，但她并未过上锦衣玉食的生活，还是跟以前一样朴素。只是，她再也不缺盐了，脸上的浮肿慢慢地消失了。村里人颇为不解的是，一无所有的老婆婆，家里怎么会藏有金子？老奶奶撒手人寰之后，村里人把她住的地方翻了个底朝天，也没有找到半点金子屑。老奶奶没有用完的金子，又变成了南瓜子。邻人将南瓜子作种子，长出来的还是南瓜，不是金子。

神奇的鸟巢

　　春天来了，一对从北方飞来的鸟儿，飞到家乡的水口山。它们围着水口山一棵高高的柿子树盘旋，在树枝间不停地穿梭，最后落脚在树枝上，叽叽喳喳地叫，似乎在说："我们就在这里安家吧。"

　　它们从田野里衔来树枝和泥巴，开始筑巢。它们飞进飞出，搬运建筑材料，一次又一次，不厌其烦，不辞劳苦，只见它们忙碌的身影。

　　很快，一只崭新的鸟巢就挂在柿子树上了。那对鸟儿欢快地呢喃着，为新居的落成而欢呼雀跃。

　　我每次路过水口山，总要朝鸟巢张望一番。那对鸟儿则用它们婉转的歌声淋我一头。

　　我和它们之间似乎达成了某种默契，我知道它们家的位置，但我谁也不告诉，替它们保守秘密，而它们为了回报我，只要看到我，就为我开专场演唱会。

　　有一天，我在水口山玩耍，寻觅了好久，都没见到那对鸟儿的身影。它们也许外出了吧。我实在按捺不住好奇心，便做了一个脚箍，嗖嗖嗖地爬上柿子树。我想参观一下鸟儿的家，看看它们家的模样。

　　我像只猴子一样，攀上了鸟巢所在的树枝。我看清楚了，鸟巢里躺着六个鸟蛋，柔软的心似乎被猛烈地敲击了一下。我想把鸟蛋抓在手上摸一摸，刚把手伸进鸟巢的时候，那对鸟儿赶了回来。

它们对着我大喊大叫，愤怒的吼声像雨点般朝我砸来。它们以为我要带走它们的宝宝，破坏它们完整的家，一改往日温柔的形象，似乎一下子变成了凶猛的老虎。

为了避免鸟儿的误会，我赶紧从鸟巢里抽出手来，迅速从树上爬下。鸟儿查看了家的情形，见一切安好，便又发出欢快的叫声。

晚上，我看到月亮升到水口山的时候，好像被那棵高高的柿子树挂住了。冰清玉洁的月光照着鸟巢，给它镀上了一层银色，鸟巢似乎变成了一个琥珀色的宫殿。此刻，鸟妈妈正在用心地孵着鸟蛋。月光照耀鸟妈妈的脸，只见上面写满了幸福、喜悦与祥和。我庆幸自己没有掏走鸟蛋，要不，这个月夜不会那么宁静，鸟妈妈凄惨的鸣叫将像刀子一样，划破夜空。

当月亮在鸟巢附近停留的时候，倏地就消失了。鸟妈妈看到圆圆的月亮，以为是它下的最大的鸟蛋，不由分说，用翅膀将它扒进了鸟巢里。

月亮毕竟不是鸟妈妈的鸟蛋，它想到无数恋人在翘首盼望它，就挣扎着从鸟巢里蹦了出来。它不敢再在鸟巢附近逗留了，赶紧升上夜空。虽然只被孵了一会儿，但月亮似乎变得更充盈了，缕缕月光，都是会飞的羽毛。

有一次，我捡到一颗圆圆的小陨石，握在手里把玩。我忽发奇想，要是把它放进鸟巢里，将来会孵出来什么呢？趁鸟儿不在的时候，我偷偷地爬上树，悄悄地将小陨石放进了鸟巢里。我心里想，那对傻鸟，说不定把小陨石也当成它们的宝宝。这样想着，我内心涌出一种恶作剧成功的得意。

过了两天，我爬上柿子树，想看看小陨石孵得怎么样了，没想到它不翼而飞。

当天晚上，我看到柿子树上方，有一颗星星熠熠闪烁。蓦地，我心中一动——小陨石是不是被鸟妈妈孵成了星星，飞到天上去了？

没过多久，鸟巢里传出来嘤嘤的叫声，比露珠还要清脆，比草叶还要嫩绿。我猜到，鸟爸爸和鸟妈妈的孩子出生了，内心受到突如其来的喜悦的撞击。

再后来，我看到一群活泼的鸟孩子在树上蹦蹦跳跳、飞来飞去。它们在爸爸妈妈的教导之下，已经学会了飞翔。

不知不觉，秋天来到了，秋风一阵冷过一阵。鸟爸爸和鸟妈妈带着孩子去北方过冬了，柿子树上的鸟巢一下子空了。

但是，鸟巢并不寂寞。因为在鸟巢里面，既孵过月亮，又孵过星星。夜晚，月光在鸟巢里跳舞，星星在鸟巢边上编织了几朵花环……

一天晚上，我和几个小伙伴路过水口山。我们惊讶地发现，柿子树上的鸟巢闪闪发亮。一个小伙伴说："鸟巢变成了一盏灯。"还有一个小伙伴说："鸟巢变成了不会坠落的果实。"我想说："鸟巢变成了我的一颗心。"但我只是在心里想，最终没有说出来。令我感到惊奇的是，平时粗野的一群孩子，竟然一个个变成了天才的诗人。

生姜自述

我是生姜，大家对我都不会感到陌生，在菜市场里不难觅到我的身影。

在到达人们的菜篮子之前，我走过一段曲折的弯路。那时，我生长在黑暗的泥土里，有过短暂的迷惘。我不知道，我是谁，要到哪里去。在伸手不见五指的地底下，也没有谁能告诉我。再加上难以排遣的孤独，我当时痛苦极了。我甚至产生了自暴自弃的念头。我知道，我一旦选择了放弃，那么我所在的那一小片土地就不会有任何收获。

那时候啊，我有的是时间，白天黑夜一个劲地思考。当然，在地底下，白天也是黑夜，因为没有一丝亮光透进来。我最终认识到，在这个世界上，没有谁能救自己，只有自己才能救自己，自己才是自己的救世主。我弄明白了，我是生姜，含有辛辣和芳香的成分，既是一种食材，又是一种药材。自古以来，就有"生姜治百病"的说法。在民间，还流传着"冬吃萝卜夏吃姜，不用医生开药方"的俗语。举一个简单实用的例子，一碗温热的生姜水，就可以帮助人们祛除风寒，对付感冒。我要做的就是，抓取土地里的辛辣与芳香，送给人类，抵达他们的病灶。人，虽然是宇宙的精华，万物的灵长，但他们的贵体动不动就生病，有的还病得不轻，有的身在病中不知病。我必须去疗救他们，还他们健康的体魄。这是我的使命，也是我存在的意义。

这些思考像一道道闪电，刺入漆黑的地底，照亮了我自己。我完全醒悟了，不再浑浑噩噩，抖擞精神，不断伸出手指，将土地里的辛辣和芳香紧紧地攥住。因为有了信念的支撑，我觉得，地底下的黑暗与孤独并非不可以忍受……

一位多情善感的作家，写了一篇《生姜礼赞》的文章。他在文章中写道："想不到，生姜以它柔弱的手指，在地底下不屈不挠地抓取人类的处方；以它的辛辣，驱赶我们体内的风寒；以它在地底下攥住的闪电，驱逐我们在阳光下获得的阴影……生姜如此无私，如此伟大，可是又有谁，真诚地向生姜表达过谢意呢？……"此文在微信上传开后，获得了许多人的点赞。

这位作家兄弟如此抬举我，令我感到羞愧。我不过是做了我应该做的事。我要感谢人类，是他们使我认识到自身的价值；我还要感谢土地，是它滋养了我。没有土地，就不会有我的生命。我把作家的"礼赞"，转赠给永恒沉默的土地。

手机里的蛐蛐

　　这是一片绿草地，芳草萋萋，空气中弥漫着混合了青草和泥土的清香。这里也是蛐蛐的家园，它快快乐乐地生活着。没事的时候，它就在草叶间弹琴，生活中充满了宁静、祥和与喜乐。

　　可是有一天，挖掘机开进来了，轰隆隆地作业，昼夜不停。这片土地的宁静被打破了。

　　原来，开发商买下了这片土地，要在这里盖起商品房。很快，这里的草木尽毁，蛐蛐丧失了自己的家园。

　　它只好逃至工地旁边的另一片草地，暂时在那里安下身来。可是它万万没有想到的是，它还没有完全安定下来，大型机械也开进了那里，张牙舞爪，为所欲为……

　　那片土地是另一个开发商所购，他也要进行开发建设。

　　蛐蛐再无地方可去了，等待它的命运是，被大型挖掘机碾碎，化为泥土。想起即将到来的厄运，它浑身止不住战栗。

　　它不甘心就这样灭亡，它非常留恋这个世界，留恋这一片水土。它多么想让生活继续下去，继续自由自在地弹奏钢琴曲……

　　当挖掘机的钢牙咬来的时候，它就拼命地往前跳跃。挖掘机在后面追赶，它就往前面逃命。可是数台挖掘机在不同的方向作业，合围过来。那片土地上，最后只剩下一簇青草了，蛐蛐就胆战心惊地匍匐在那里。

　　挖掘机高高地扬起铲斗，正要重重地铲向最后一簇青草所在的地方，蛐蛐猛地跳了起来。它跳得很高，跳进了驾驶室。驾驶室里，摆放有司机的手机。司机正在紧张地作业。蛐蛐轻轻一跳，就跳进了司机的手机里。

几年之后，那里的高楼大厦如雨后春笋，拔地而起。昔日的乡村，变成了一个繁华热闹的小城镇。当年开挖掘机的司机，也在镇上买了商品房，在那里安了家。

一天夜里，司机的手机里莫名其妙地响起了蛐蛐的叫声。听到蛐蛐的叫声，司机的心弦顿时被拨动了。对于这片消逝的乡土，他无比的怀念。他记得小时候，在这里抓蝴蝶，捉蛐蛐，而现在，这里却变成了钢筋水泥的树林……他突然变得有点伤感，因为他知道，过去的乡村他回不去了，永远也回不去了。

司机把蛐蛐的叫声调成手机铃声，时不时响起的串串铃声提醒他，这里曾是一片芳草地，这里是他童年抛洒快乐的地方，这里也曾是蛐蛐幸福的家园。

树精

树跟人一样，活得足够长的话，容易成精。对于年岁特别大的古树，我内心的情感是复杂的。首先是恭敬。走到古树跟前时，总是蹑手蹑脚，不敢高声喧哗，唯恐冒犯树精，招致灾祸。其次是恐惧。听说成了树精的古树，法力无边，想变成什么就能变成什么。如果你眼睁睁地看着眼前一棵树，突然之间变成一头张着血盆大口的狮子，你一定会吓得目瞪口呆。再次是感恩。小孩子有发烧感冒闹病的，家长往往会找一棵古树，虔诚地对它作揖，口中念念有词，大概是祈祷树精显灵，保佑孩子健康平安，逢凶化吉，祛病消灾。然后，从古树身上刮一块树皮，回家煎了水，喂给孩子喝。据说这样是很灵验的。

一天晚上，我从村里一棵古树旁边经过，莫名其妙地感觉身后多了一个人。我当时吓得骨头发软，汗毛直竖。小时候，我听母亲讲过，一个人走夜路的时候，如果发现有人跟踪你，你一定不能回头。那说不定是什么精怪。你一回头，它立刻就掐住你的咽喉。我本想回头看看到底是什么怪物，但我记住了母亲的话，克制住回头的念头。我加快脚步，想把身后的怪物甩掉，可它好像是我的影子，紧紧地跟在我的后头。我期盼遇到路人，如果我身后有什么人在跟踪，一定会被发现的，可是那天晚上一路上不见其他人影。我没有别的办法，只有壮着胆子往前走。走着走着，我忽然发觉没有人跟踪了，顿时感到一身的轻快。回过头来，后面什么也没有。

　　第二天，村里一位大叔跟我说，他晚上进行田间管理，看到我身后有一个怪物，还不停地扮着鬼脸。我心想，好在我没有回头看，要不然，肯定会吓得当场昏倒。大叔继续说，令他莫名惊诧的是，他走到古树跟前的时候，发现古树不见了。待他返回时，那棵古树又回到了原来的地方。

　　我听后心里猛地一动，莫非跟踪我的就是树精？它为什么要跟踪我？我会不会因此遇上什么灾难？这样想着，我心里压力很大，坐立不安。诚惶诚恐地过了几天，发现一切如常，心里才慢慢松弛下来。或许，那树精心地善良，并没有加害于我，它只是喜欢做恶作剧而已。

　　此后，我对村里的古树更是敬而远之。

　　历史上，我家乡一棵古樟树，演绎了一段传奇，至今仍在流传。要算出那棵古樟树的年纪，那几乎是不可能的事。有人说，自从盘古开天地，它就生长在那里了。明朝正德年间的某一天，古樟树摇身一变，成了一名翩翩少年。他才华横溢，赴京赶考，金榜题名，中了状元。皇上见状元文才冠首，又长得一表人才，有意将公主许配给他。皇上派钦差随状元去湘中，察访他的家庭。谁知走到我家乡一棵古樟树跟前时，状元突然不见了。钦差四处寻找，都不见他的影踪。钦差不好回朝交旨，急得像热锅上的蚂蚁，迫不及待地向邻里百姓打听。有人告诉钦差，状元见过跛腿的公主，并不是他的所爱，可是皇上之命不可违，他看破红尘，遁入空门，出家成佛了。也有人告诉钦差，状元本是一棵树变成的，他在人世间走了一遭，最后又还原成一棵树。

　　我曾想考证出古樟树所在的大概位置，可是问遍了村里上了年纪的老人，没有一位说得上来，最后无果而终。

水果味米饭

伍家山上，果树成林，稀疏的农户掩映在果树林里，静谧、安详。果林里的村庄，美得像一幅油画。

每到秋天——果实成熟的季节，伍家山便笼罩在一片浓得化不开的水果香味里。不要说那里的风，那里的鸟鸣都是水果味的。

那时候的土地，慷慨之至。每棵果树上都是硕果累累，有的甚至压弯了枝条。它们像是竞赛似的，看谁挂的果多，看谁挂的果大，没有谁肯认输。那个季节只要想到伍家山，口水就不自觉地流起三尺长。

那时候的水果，无论是梨子、柚子、柿子还是葡萄、桔子，咬一口，满嘴都是清甜清甜的，既不打膨大剂，也不打甜蜜素。

伍家山下的人，非常羡慕伍家山上的人，因为他们水果可以用来当午餐。

我家有几丘稻田，靠近伍家山。从果林里吹过的风，经常从我家的稻田里拂过。

晚稻收割后，我们品尝用那里的新米煮的米饭，惊奇地发现，米饭都是带水果味的。准是水稻经常接受带水果味的风的熏陶，结果稻谷都染上了水果味。要不然，那米饭里的水果味是怎么来的呢？

有一次，表弟来我家探亲，我们用水果味米饭招待他。他头一回吃这种米饭，觉得非常好吃。三碗饭下肚，他扑闪着好奇的眼睛，问我："这种谷子是怎么种出来的呢？"我告诉他，是因为稻田靠近果林，所以稻谷也染上了水果的味道。表弟盯着我看了好久，仿佛不认识我似的。我所讲的，他觉得不可思议。最后，他情不自禁地感慨："你们这地方，简直像个童话世界啊！"

童年的小绿鸟

　　童年的时候，我在山野里玩耍。因为无聊，我用一个尖石头，在一根毛竹上刻下了自己的乳名。

　　我在刻字的时候，竹子上有一只绿色的小鸟悄悄地注视着我。当我注意到它后，它便倏地飞走了。

　　长大后，我离开了故乡，去了远方。为了生活，我在外面打拼、闯荡，许多年没有回乡。故乡在我的记忆里，越来越遥远，越来越模糊了。

　　当我踏上故乡的土地时，我已经老了，头发花白，皱纹累累，腿脚也不那么利索了，但我还是执意来到童年时玩耍的山野，想在那里找回童年的记忆。

　　当年长毛竹的地方，已经繁衍成了一片竹林。我想找到刻有我名字的那根竹子，找来找去，却没有找到。

　　忽然，我听到有人叫我的乳名，环顾四周，却没见一个人影。我心里好生奇怪：我离家几十年，还有谁能认出我？还有谁能叫出我的乳名？

　　那人仍在不停地叫我，我循声找去，发现声音是从竹子上泻下来的。我抬起头来，看到竹子上站着一只绿色的小鸟。它定定地望着我，一点也不害怕。

　　那不是童年时代看我刻字的小鸟吗？几十年过去了，它竟然没有一点变化，仿佛童话世界中永远也长不大的孩子。

　　它准是看到我刻在竹子上的乳名，并且记了下来，所以能准确地叫出来。

几十年的光景过去，我这个人变老了，但乳名没变，一点也没变，它从小绿鸟的嘴里蹦出来时，还跟当初一样新鲜、清脆、圆润。

小鸟又用脆亮的嗓音叫着我的乳名，其他小鸟听了，也跟着它一起叫。我的名字雨点一样响遍了整片竹林。

慢慢地，我觉得我又变小了，又回到了无忧无虑的童年时代……

我和星星的秘密

一天晚上，我和伙伴们玩过捉迷藏的游戏之后，沿着村路，踩着月光，蹦蹦跳跳地走在回家的路上。

回家的路上，有一条小溪。我来到溪边，猛地发现，溪水里有一群活蹦乱跳的小星星。他们也看到了我，似乎想躲闪，可是已经来不及了，便对着我不好意思地笑了笑，一个劲地挤眉弄眼。

我本来想问它们在这里干什么，但它们的眼神已经告诉了我，它们是一群逃学的星星。

天上的星星密密麻麻，数也数不过来，老师上课时没办法清点学生。所以，那一群星星逃课，也不用担心被老师发现。

它们朝我挤眉弄眼，是希望我不要声张，不要向它们的老师告密。我也朝它们眨眨眼睛，意思是说，我会替它们保守秘密。

星星和我，都会意地笑了。

它们在清亮的溪水里洗浴，洗得光彩照人，像是闪烁着银光的鳞片，又像是一串流光溢彩的珍珠。

我与它们告别时，劝它们不要玩得太晚，早点回去，免得它们的爸爸妈妈挂念。

第二天晚上，我又来到溪边，我想会一会昨晚那群逃学的星星，跟它们交个朋友，但它们没有来。

第三天晚上，我在小溪边等待，还是没有等到它们的身影。

此后，在小溪边，我再也没有见过它们。

它们大概变得好学了，不贪玩了，再也没有逃过学。

晚上，我抬起头来，常常看到星星孜孜不倦背诵课文的身影，直到很晚很晚才去休息。多么用功的学生啊！

后来，它们长大了，成了夜空中耀眼的明星，熠熠生辉，魅力四射，红得发紫。

只有我知道，大明星小时候也有逃学的丑事，但我什么都没有说，因为那是我和星星的秘密。

无路可逃

树干上，伸出一只只耳朵，是树专门听取声音的器官，人们叫它们"木耳"。

树林里，鸟儿在开音乐会，昆虫在伴奏。一双耳朵，肯定听不过来，所以，树林里的每一棵树都长出来好多好多的耳朵。

在万籁俱寂的夜晚，木耳仍醒着，仍在侧耳谛听。它们听到了风的脚步声，听到了树叶的呼吸，听到了大地的心跳……

因为有好声音的滋润，因为有大自然的滋润，木耳越长越大，越长越厚实。

这时，它们的厄运来了。人们来了树林里，看到木耳，眼冒金光，不由分说，一把将它们揪了下来。据说，野生的木耳营养价值很高，受到了城里人的青睐，在城里能卖个好价钱。

后来，这些木耳被运到了城里。充斥在它们耳里的，是城市昼夜不息的噪音。它们忍无可忍，简直要疯掉了。

那些还没有长出来的木耳，就拼命地逃跑，跑到远山里，跑到人迹罕至的地方。它们心想："这下应该安全了吧。"

可是它们想错了。没过多久，人们的脚步就追了过来。近山的木耳被他们采光了，他们便来到了远山里。

它们无路可逃了。远山里的木耳，重复着近山木耳的命运。

现在，远山里也很难觅到木耳的身影了。有人说，那是因为被人采光了。还有人说，木耳不甘被人采走，逃到天上，聆听仙乐去了。

剩下那些可怜的树，因为失去了耳朵，整天生活在一个无声的世界里。它们的表情木然而落寞，似乎仍在痴痴地回想着树林里的"好声音"……

鞋子赛跑

　　我家以前的老房子有两层楼，楼上楼下，中间隔的是楼板。楼上黑咕隆咚的，堆放着一些杂物。平时，我很少上楼。楼板偶尔传出"吱嘎吱嘎"的声响，像是一位不堪重负的老汉发出的几声呻吟。白天，这声响被喧嚣掩盖住了。到了夜深人静的时候，这声响被放大了，听得格外真切。在楼下睡觉的我，往往被这突如其来的响声吓到，以为楼上有怪物在活动，慌忙用被子捂住脑袋。可是屏息凝神再听，楼上又悄无声息。

　　楼上也有床铺，但我往往不敢在那里睡觉。然而父亲一点也不怕，经常在楼上休息。夜里，楼板上传来急促的窸窸窣窣的声响，像是有人在跑步。父亲睡着了，不可能是他在跑。再说，他也不可能在深夜弄出那么大的动静，影响家人休息。我猜，那是父亲的鞋子在跑。待父亲上床之后，鞋子摆脱了双脚的束缚，获得了自由，像耗子一样四处钻窜。转了几圈，它们觉得没意思，便开始了跑步比赛。两只鞋子都拼命地跑，都不甘落后，从这一头跑到那一头，又从那一头跑到这一头。从响声听得出来，它们跑得一样快，难分胜负。

　　有一次，家里来了一位客人，父亲陪客人在楼上休息。晚上，楼上又传来了急促的窸窸窣窣的声响。这一次，响声更多、更大、更杂乱。也许是父亲的鞋子和客人的鞋子展开了友谊赛。听得出来，有的鞋子跑得快，有的鞋子跑得慢。或许，父亲的鞋子发扬风格，有意落在后头，把冠军的宝座让给客人的鞋子。友谊第一、比赛第二嘛。

一天早晨，我起床之后，在床边寻找运动鞋，可是怎么也找不着。这可奇怪了，我明明记得睡觉前它们还在床边的。它们是不是趁我睡觉的时候，悄悄地溜走，报名参加国际马拉松比赛去了？那一定是世界鞋子的盛会，来自世界各地的皮鞋、运动鞋、高跟鞋、布鞋、草鞋……在一起竞跑，而人却光着脚丫为自己的鞋子当拉拉队员。我越想越欢快，并没有因为丢失鞋子还感到懊恼。我穿的那双运动鞋，摆脱了脚的羁绊，自由自在，跑在队伍的前面。我祝愿它们取得好的成绩！

寻找主人的脚印

读初中的时候，我就在学校里寄宿。那时，条件简陋，虽是寝室，却没有床。我们把从家里带来的席子铺在楼板上，就是床铺了。

一天晚上，我半夜醒来，猛然听到楼板上响起一阵咚咚咚的声响，像是脚步在走动。夜的宁静将响声放得很大、很清晰。谁呢？既像是一个人在走，又像是一群人在走。此时，同学们都已入睡，鼾声一片。寝室里早就熄灯了，黑咕隆咚的。莫名其妙的响起让我浑身泛起鸡皮疙瘩。我紧闭着双眼，生怕看到狰狞的怪物，尽管睁着眼睛，什么也看不到。最后，我一把扯过被子，紧紧地捂住头，大气都不敢出。

如果只是偶尔一两次，楼板上传出些动静，倒也不足为怪，问题是只要我半夜醒来，准能听到这些莫名其妙的声响。

更让人觉得毛骨悚然的是，响声过后，听到熟悉的名字被叫起。半夜三更的，是谁在喊人呢？喊声过后，一切又复归于寂静。

我听村子里的老人说过，到了晚上，路上的脚印就醒了过来，设法去寻找各自的主人。一排排脚印，成群结队，浩浩荡荡，像是老鼠搬家，走在寻找主人的路上。莫非，待我们睡觉时，我们留下的脚印找上门来了？找到主人的脚印，还能喊出主人的名字。只是，它除了叫出主人的名字，不会说其他话。

据说，在夜里，有人听到窸窸窣窣的声响绵延至学校后面的荒山。荒山上，有一大片坟墓。脚印的主人已经死了，但脚印还活着。它们归入坟山之后，就再也没有闹出任何动静。要不然，死人的脚印还在大路上大摇大摆地走，一定会将很多人吓坏。

能找到主人的脚印当然是幸运的，更多的脚印迷路了，只好四处流浪，被风吹跑，被雨冲垮，被新的脚印淹没或者覆盖。还有的脚印被风制作成"木乃伊"，孤零零地躺在路边，像是没人认领的孩子。

当然，不是所有的脚印都会去寻找主人的。有的脚印太轻、太浅，尚没有力气走路。有的人，在世上没有留下几个像样的脚印。还有，那些歪歪扭扭的脚印，它们也不会去寻找主人，它们到处招摇撞骗去了。如果所有的脚印都去寻找主人，那么现在的道路一定非常拥挤，我们的夜晚一定会喧闹不已。

探索者的脚印，是很难找到主人的。因为探索者往往历尽千辛万苦，去到人迹罕至的地方，脚印要找回来，同样要历尽千辛万苦。制造它们的双脚，一点也不后悔。正因为他们走的是新路，他们的脚印在大地上留下了深深的刻痕。它们不能随便走动，渐渐地在那里生根发芽了，最后长成了醒目的路标。

夜晚的"太阳"

向日葵是太阳的铁杆粉丝。清晨，它就昂起头，眼巴巴地盼着太阳出来。当第一缕阳光投射到它脸上的时候，它不由自主地发出了兴奋的战栗。傍晚，它就低下头，依依不舍地目送太阳离去……

白天，太阳在哪里，向日葵的脸就转向哪里。它的脖子处，仿佛安装了一个活动机关，转动起来灵活自如。它和太阳，相隔很远很远，却又很近很近。

它硕大的花盘上，金光熠熠，那是因为染上了太阳的光辉。

向日葵最难过的就是晚上的时光，因为太阳下山了。它默默地等待太阳从东方升起。因为黑暗与等待，它觉得夜晚特别漫长；因为希望与光明，它又特别能够忍耐。

太阳从不失约，每天早上，它都笑眯眯地升起在东方，用比露珠还要鲜亮的语言问候大地，问候大地上的所有生物。

向日葵沐浴在金色的光辉里，洋溢着幸福的光彩，夜晚漫长的等待瞬间获得了巨大的补偿。

就这样，向日葵追逐着太阳，日复一日，月复一月，日子过得温暖而甜蜜。

现在，向日葵已经成熟了，收获的季节到了。农人来到地里，将向日葵收了回去。那硕大的果盘上，镶嵌着无数的葵瓜子，那是太阳的"光粒子"吧。

即便是葵花杆，农人都舍不得扔掉。将它们晒干，收藏在风雨不侵的地方。

到走夜路的时候，葵花杆可派上了大用场。每个人手里都握着一根葵花杆，点亮，举在头顶。葵花杆将先前积聚的太阳的光和热，源源不断地释放出来。每个人的头顶上，仿佛都燃烧着一轮太阳。他们踏着崎岖不平的山路，不慌不忙地走着。夜晚的"太阳"，安全地护送他们抵达温暖的家。

衣箱的预谋

小时候，家里没有衣柜，只有一只衣箱，一家人的衣服都收藏在衣箱里。它是母亲的嫁妆之一，带着木材独特的气息，带着森林独特的清香。

衣箱里，母亲的嫁衣格外引人注目，似乎还带着几分腼腆、几分羞涩。尽管已经摆放了好几年，它依然鲜艳无比。母亲悄悄地将它压在衣箱底下。

压在衣箱底下的，一般都是不当季的衣服。只有到了换季的时候，它们才有机会"翻身"，重见天日。

大大小小、各种各样的衣服重叠在一起，在衣箱里挤暖和，交换着彼此的温度，以及衣服主人的心跳。衣服们很团结，新衣服从来不讥笑旧衣服，好衣服从来不讥笑打补丁的衣服。衣服们也很民主，所有衣服，不分大小，不分性别，一律平等，享有参政议政、选举与被选举的机会与权力。

衣箱曾经接纳过一位特殊的成员，那是爷爷的寿衣。生和死，在衣箱里展开了一场对话……

从表面上看，衣箱不动声色，尽职尽责，妥善保管着所有的衣服。当然，它在背后里想些什么，心里有没有牢骚，我是不清楚的。

衣服可没那么安分。它们是给人穿的，穿在人身上才显示出它们的价值。当秋天落下第一片树叶，寒衣就开始询问：冬天是否快要到来？它们准备去搏击外面的寒冷。冰雪融化的时候，春衣也开始询问：春天是否已经到来？它们准备去迎接明媚的阳光。

有一天，我打开衣箱，猛地发现里面空空如也，所有的衣服都不见了，顿时呆若木鸡——我最担心的是，全世界所有的衣箱联合起来，在同一时间自动打开，所有的衣服不翼而飞。之前，是人穿衣服，现在反过来了，衣服要穿人。它们来到熙熙攘攘的大街上，物色各种各样的人。衣服穿人，可不像人穿衣服那样，挑三拣四，吹毛求疵，它们随心所欲，毫无章法，想怎么穿就怎么穿。于是，内衣穿在外面，冬装穿着夏天，小孩的衣服穿着大人，男人的衣服穿着女人，死人的衣服穿着活人，模特的衣服穿着农民，国王的衣服穿着乞丐……全世界乱了套，所有人都目瞪口呆，面面相觑。而这时，我似乎听到了衣箱发出"嗤嗤嗤"的笑声。这一切，莫非是衣箱的预谋？

（原载《延河》2017 年第 6 期，《散文》（海外版）2017 年第 9 期转载）

因为遇见了我

秋天，在野外，落叶像黄蝴蝶一样飘舞。一枚落叶，不期然飞到我手上，再也不动了。我久久地端详着它，心里在叹息："一个绿色的生命，就这样凋零了。"

我一直将落叶握在手心里，不忍丢弃它。最后，我把它带回家，小心翼翼地夹进一本正在看的书里。

夜里，忽然听到一阵窸窸窣窣的声响。仔细分辨，那声响好像是从书本里传出来的。

第二天，翻开书本，我惊奇地发现，落叶变成了绿色。

昨天夜里，书页对它采取了急救行动，书香灌通了它的叶脉，知识的养料源源不断地提供给它。它又活了过来，舒展开绿色的呼吸。

于是，在我的书页间，生长着一枚奇特的树叶。它如饥似渴地吸取着知识的养分，长得生机勃勃，长得青翠欲滴。

我将它夹进不同的书本，以便它吸收不同的知识养分。各种各样的知识，汇聚成一条河，在它的叶脉间汩汩流淌。

第二年春天的一天，我在院子外读书，风突然刮了起来，胡乱地翻动书页。那枚饱读诗书的树叶，在春风的鼓励下，张开翅膀飞了起来。我大叫着追赶，可是已经来不及了，它像一只翠鸟，一瞬间飞得没了踪影。

不久，我在家门前的一棵绿树上，发现了一枚似曾相识的树叶。或许，它就是从我书本里出逃的那一枚。我目不转睛地看了它好久，它似乎有点难为情，耷拉着头，一副不好意思的模样。我并没有责怪它，也不打算把它揿回去。对于一片树叶来说，回到一棵树上，或许是最好的归宿。

太阳出来时，其它树叶踮起脚尖，争先恐后地抢夺阳光金币。最下面的两枚，为了争夺甚至大打出手。那枚奇怪的树叶没有加入它们的行列，只是冷眼旁观。在整棵树上，它无疑最为独特了。它身旁的树叶嘲讽它："傻瓜，如今这年头，没有谁不在争取自己的个人利益，你愣着干什么？"它腼腆地笑笑，算作是回应，心里头在感慨："这个世界，变得越来越物质了！"

起风的时候，其它树叶一个劲地鼓掌，其实它们谁也没有听懂风在说什么。跟风，随大流，瞎起哄，是它们的群体行为。那枚奇怪的树叶却努力按捺住了自己，在风中一动也不动。它有独立思考的能力，不愿随波逐流。

当其它树叶一门心思，只想着多捞几枚阳光金币的时候，那枚奇怪的树叶却在思考着未来的命运。如果大家眼里惟有金钱，这个世界表面上看似乎变得越来越繁荣，实则越来越荒芜。不知怎的，它越想越觉得苦涩，一点也轻松不起来。

其它树叶摇头晃脑地合唱着一支歌谣，看起来似乎快活得很，无忧无虑。那枚奇怪的树叶站在一边，没有开口歌唱，显得格格不入。它整天沉思默想，一副哲学家的模样。而其它树叶无知无识，从不去琢磨什么高深的问题。对于它们来说，只要能捞到阳光金币，日子过得富足就行，哪需要劳么子神去思考。生命苦短，及时行乐才是要紧事啊！

它心里忽然产生一个闪念，假使它也没有思想，此刻，它跟树上的其它树叶一定没有任何区别，此刻，它或许也是轻松快乐的……

我不知道，它是不是后悔遇见了我，后悔那段在书海里遨游的经历。如果不是那样，它的命运不会这样迥然不同。

忧伤之网

村子的最东边，有一堵残破的土墙。上午，它慢慢地将它投射的影子拉回来；下午，它就慢慢地将自己的影子撒出去。它似乎成了一个不知疲倦的渔夫，影子就是它的网，撒出去，再拉回来，拉回来，再撒出去，日复一日，年复一年，乐此不疲。土墙反正站在那里无所事事，撒网、拉网打发了它百无聊赖的光阴。

它的网里捕到了什么东西呢？我注意到，它的影子里有时站着几个人，有时踱来一群鸡，有时跑来一只狗。人声与鸡鸣狗吠，在它的势力范围之内的，都被它网走了。到了傍晚，它的捕获可能会更丰富些，比如落叶坠落在它的影子里，鸟翅从它的影子边上掠过，落叶和飞鸟的影子都成为了它的囊中之物。

碰到下雨天，土墙看上去有些伤感。不能撒网且不说，身子在风雨的冲刷下，慢慢地变矮。它无法抵挡风雨的侵蚀。

土墙变矮了，它的影子也变短了，网就没那么大了，因而捕到的东西就有限了。但是它并没有自暴自弃，仍然像往常一样，兢兢业业地撒网捕捞。假如它不做这个工作，它又能干什么呢？

我有时也替土墙想一想，它捕获这些东西，做什么用呢？它又不能像渔夫那样，捕到鱼之后就美滋滋地享用一顿。

它捕获到的那些影子在它心里堆积起来，像落叶一样，越积越多，越积越厚，仿佛成为了另一堵墙，让它看上去更加忧郁、更显沧桑。

我有时候在它的阴影里蹦蹦跳跳，有意撒下一串串笑声，让它去打捞。但几串童稚的笑，仿佛杯水车薪，无法改变土墙忧郁的气质。

有一天，暴风雨来临，土墙经受不起猛烈的袭击，全部坍塌了，犹如一个年老体衰的老人，倒下之后，再也没有起来。它之前捕获的方言俚语、鸡鸣狗吠、树叶鸟影，稀里哗啦地滚了出来。它们像一堆破铜烂铁，锈迹斑斑，又像是一堆残羹冷炙，长霉发臭了。在雨打风吹之后，它们消逝得无影无踪。

土墙倒下之后，村子里许多事物的影子，因为没有专人负责打捞，变成了一尾尾活泼的鱼，在空气中欢畅地游来游去。

雨花

半夜里，下雨了，滴答滴答敲打在瓦片上。房间角落里，似乎响起了什么动静。我知道，那里放着一顶雨伞。莫非是不甘寂寞的雨伞，听到雨声，按捺不住兴奋，迫不及待地想要出去？

天亮后，雨仍在下，淅淅沥沥的。我想起了角落里的雨伞，连忙将它取来。啪的一声，雨伞撑开了。我打着伞，在雨中蹦蹦跳跳地行走。我的头顶上，似乎盛开着一朵美丽的雨花。

我轻轻地转动伞柄，雨伞起初似乎迟疑了一下，但很快，它就调整好了自己的姿势，轻盈地跳起旋转舞来。那是它无比熟悉的节奏，那是它梦中的舞步。

伞柄越转越快，它的旋转舞越跳越快，雨伞上的雨滴也跟随它一起舞动。

雨伞转了一圈又一圈，不知疲倦，不厌其烦，不会犯头晕，也不会乱方寸。

我走了多久，它的舞蹈就跳了多久；我走了多远，它的舞蹈就跳了多远。

我仿佛觉得，是雨伞自己在舞动，即使我不转动伞柄，它的旋转舞仍会继续。我甚至觉得，我的手握住伞柄，阻碍了雨伞的舞蹈，阻碍了雨伞的飞翔。它内心一直有一种冲动，从我的手中挣脱出去。

借助一阵突然刮起的狂风，雨伞成功地挣脱出去，飞了起来。它没有了任何羁绊，自由自在，潇潇洒洒，想飞多高就飞多高，想飞多远就飞多远。

我呆呆地站在原地，大喊大叫，可是雨伞压根不理我，它的心里涌出了得意的笑。

它把舞步踏上了云端，在天空中恣意旋转，内心的喜悦与幸福也跃上了巅峰。

尽管我无法追上它，但我的目光一路追随它的身影，看它到底去了哪里。

最后，风力慢慢减弱，雨伞跳累了，筋疲力尽，再也跳不动了，从云端降落下来，一头栽倒在池塘里，浮在水面上，一动不动。

它变成了一朵荷花。

樟树之死

　　父亲虽居乡间，却颇有闲情逸致，喜欢在屋前屋后种些花草树木。我家屋后，密密麻麻地栽满了各种各样的树木，简直是一片郁郁葱葱的小树林，不少树种是他从外地移植引进的。

　　一天黄昏时分，父亲从外地回来，兴冲冲地提着一棵樟树。为了保证樟树的成活率，它的根部保留了不少泥土。听说樟树不太容易栽活，父亲特意在屋后择一处土壤肥沃、阳光充足的地方，挖一个深坑，小心翼翼地将樟树栽在那里。

　　那棵樟树，在原来的土地上长得生机勃勃，活力无限，可是换了一个地方，却病恹恹的，有气无力，没精打采，看后让人觉得很着急。父亲见它那样子，对它照顾有加，每天早晚都给它浇水。尽管这样，樟树的精神还是一天比一天差，树叶一天天枯萎下去。最后，它完全干枯了。

　　按说，它移栽后的环境比先前好多了。之前，它生长在土地贫瘠的山谷里，而移栽之后的地方，土壤肥沃，阳光充足。并且，移栽时根系保存比较完好。还有，树龄也不算大。它为什么就没有成活呢？

　　我猜想，樟树在原来的土地上，根系熟悉了地底下的路，一步一个脚印地向着纵深挺进。根本用不着浇水，根系都会主动吸收土层中的水分。

而到了一个新的陌生的地方，根系成了睁眼瞎，摸不着路的方向，呆呆地站在原地，一步都没有迈出。给它浇水，根系都不会吸收了。

樟树在临死的时候，高高地踮起脚尖，伸长脖子，回望着故乡的方向，那是生它养它的地方。它太依恋故乡了，依恋那里的水土，依恋那里的一切，以至于到了另外一个地方，它拒绝生根、生长。

当父亲将樟树挖出来时，它的根已经沤烂、沤臭了。他有点伤感，甚至有点后悔，因为他的移植，断送了一个绿色的生命。假如不去挖它，它说不定能在山谷里长成一棵参天的大树。跟往常不同，他没有随便丢弃那棵樟树，而是将它用塑料袋包起来，把它带到它曾经生长的苍翠的山谷里……

折腿的方桌

"咚咚咚，咚咚咚——"

半夜，我被屋里忽然传来的莫名其妙的声响惊醒。

此时，家人都入睡了。谁在那里活动呢？又没有一丝光亮，黑咕隆咚的。老实说，我不敢起床去察看。

家里的大部分家什，古老而陈旧，都是爷爷奶奶用过的。据说，他们过世之后，有时还会回家来看看，在生前坐过的凳子上坐坐，在生前吃饭的地方宵宵夜……想到这里，我更加害怕了，慌忙用被子捂住头，心扑通扑通地乱跳。

"咚咚咚——"走方步的声音再一次灌入耳朵，尽管有被子阻隔，但还是听得很真切，听上去像是方桌在走路。

方桌在走路？我心里都觉得有点好笑。方桌又没有长脚，怎么能走路呢？恐怕是有人在搬动方桌。可是，三更半夜的，谁会在那里搬方桌呢？我越想越觉得不对劲，屏住呼吸，将被子捂得更紧了。

一声响亮的"哐当"，更是将我的心提到了嗓子眼，我的身子在被窝里止不住战栗。

好在那响声过后，没有任何动静传来。慢慢地，我放松了，将头从被子里伸了出来。

第二天一早，我起床后，走到昨晚传出动静的房间，不禁惊呆了——只见那里的一张方桌折了一条腿，断腿孤零零地躺在地上，似乎可见白森森的骨头。

我几乎可以断定，昨晚闹出动静的就是方桌了。好在它弄断了自己的腿，要不然，它会一直迈着方步，走到天亮。它究竟想走去哪里？或许，它是想走回自己的出生地——那片神秘的大森林里去看一看。它离开那里几十年，从来没有回去看一眼。现在，它的腿折了。看来，它是永远也回不去了。

母亲怕方桌倾倒，砸到小孩，就让它倚着一面墙。方桌自己似乎也很不好意思，恨不得将桌面掩藏起来。

折腿的方桌，像是一个壮志未酬的英雄，又像是一位计谋被识破的谋士，整天垂头丧气，神情忧郁。

在无人的夜里，无眠的它，想到它遥远的故乡，忍不住低低地哭泣……

写不尽的童年（后记）

我的童年系列散文，如果算上《七色花》，再加上这一本，一共是五本。中间三本分别是《穿裙子的云》《白蝴蝶　黄蝴蝶》《芍药仙子》。每写完一本"童年之书"，我都想告别童年。不曾想，一次次告别童年，却又一次次回到童年。童年像是甩不掉的影子，并且随着岁月的流逝，愈发显得清晰。

著名儿童文学作家金波老师曾对我说："童年是一座无尽的宝藏，是写不完的。"回想起他的话，觉得他讲得太对了。

童年虽然过去，但它仍在经营着我的现在，并且必将走进我的将来。过去就是现在，现在也是过去；过去也是将来，将来也是过去。通过对童年的书写，我任意地拧着时间的麻花，想怎么拧就怎么拧。

童年一再被书写，童年生活的意义被重新发现，我似乎创造出了一个新的世界，这令我自己都觉得颇为惊讶。

我的这些书写童年的文章，篇幅都不长。也有人曾建议我写几篇以万言计的童年散文，但我还是延续了之前一贯的风格。很显然，它们的形式是散文的，但又有随笔的自由，又有童话的想象，有的还有一点点诗的气质。正因为如此，某出版社的社长曾对我其中一部书稿给出"文体不分"的意见。也许，他的意见是"中肯"的。但他的意见，不但没有使我放弃我的笔路，反而更加坚定了我的写作信念。一个作家，只管自由地去写，自由地去创造，可以突破文体的限制与束缚。我有些夸张地想：说不定，它能够发展成一种新的文体。如果真是那样，那是读者的福气，因为一片新的审美天地的打开。这好比大自然中的树，它们自由自在、随心所欲地生长，植物学家根据它们的形态与特性来给它们分类与命名，并不是一开始树就必须按照"类的规定性"去生长。

二十多年前，我在我的第一本散文集《七色花》的后记中，对一些篇什以"童话散文"来称之。"它们长得像散文的模样，又具有童话的某些特征。"金波老师在给我的童话集《浪花女孩》所作的评论（载于《文艺报》2002 年 5 月 28 日）中，提到了"童话散文"。他说："当我阅读着他这一篇篇短小精致的童话时，又唤起我当初阅读他的'童话散文'的印象：清新、凝练、优美。"如果说那是"童话散文"的端倪的话，那么现在，"童话散文"获得了进一步的萌芽。它们"童话"与"散文"的特征分别得到了强化。回忆童年，无疑是散文体，而童年，又天然地与童话接近。我觉得用它来书写童年，再合适不过了。在文学的百花园里，它还称不上花骨朵，但也许算得上一片小小的新绿。

倘使读者能从我的文章中看到新的审美元素，获得新的审美体验，我将感到十分高兴。这正是作家创造目的之所在。

当然，我更希望读者经常去阅读童年。童年是无数本大书的集合，既写不尽，也读不完。